Paty A.

Un an pour s'aimer

Chapitre 1

Max

Il fait une chaleur terrible. Je ne serais pas rentré de vacances si maman ne m'avait pas quasiment menacé. Ces vacances bien méritées que je rechignais à m'accorder m'ont finalement fait un bien fou.

Depuis que papa est décédé dans ce crash d'avion, nos vies à tous ont été bouleversées.

Je me suis retrouvé prématurément à la tête de notre entreprise familiale. Je me demande comment mes parents ont pu continuer à garder ce rythme de vie quand je vois comment cette entreprise est criblée de dettes ! Ces derniers mois j'ai travaillé sans relâche pour tenter de redresser les comptes mais c'est peine perdue, il faut une injection de fond. Les banques ? J'ai essayé, mais le prêt a été refusé.

La porte du bureau s'ouvre sur le notaire de grand-père.

- Bonjour Sally, s'adresse-t-il à ma mère, bonjour Max, ajoute-t-il en me tendant une poignée de main ferme.
- Bonjour Chris.

Chris est un ami de la famille et notaire de mon grand-père décédé lui aussi il y a quelques mois.

- Toutes mes excuses pour le retard, une panne de voiture.

Je hoche la tête pour lui faire signe que tout va bien.

A vrai dire, je suis un peu anxieux. Je suis le seul petit-fils de Lane Miller, le père de ma mère, multimillionnaire. Je devrais m'attendre à être bénéficiaire d'au moins une partie de son testament, mais mon grand-père était un peu spécial, très imprévisible.

Lane, c'est comme ça que je l'appelais. Il détestait que je l'appelle grand-père car disait-il se « sentait vieillir ». C'était un modèle pour moi, un vrai modèle de réussite.

Quand Ashford Industry a commencé à avoir des difficultés, il a proposé son aide à mon père qui a bien entendu refusé, trop fier pour admettre qu'il avait besoin d'aide. Il a préféré laisser l'entreprise familiale au plus bas. Ma mère n'a jamais réussi à le convaincre d'accepter l'aide de Lane.

- Bien, commençons la lecture du testament.

La voix de Chris me sort de mes pensées. Il nous lit les dernières volontés et les mémoires de Lane.

Dès les premiers mots, maman commence à sangloter.

- *« Sally ma fille, je te demande pardon … »*

Et quelques mots plus tard…

-*« Je lègue à Sally mon appartement sur Central Park, ma maison et mon chalet. Je lègue à mon petit-fils Max ma villa à Malibu ainsi que la moitié de ma fortune qui s'élève à 40 millions de dollars. L'autre moitié ira à ma fondation Hope »*.

A ce moment-là, j'ai les yeux tellement écarquillés que j'ai moi-même l'impression qu'ils vont sortir de leurs orbites ! J'essaie de dire un mot mais aucun son ne sort. Je vais pouvoir sauver Ashford Industry ? C'est trop beau pour être vrai.

Chris reprend.

- *« Mais… »*

Je m'en doutais !

- *« Max ne pourra hériter des 40 millions de dollars qu'à l'âge de 40 ans, sauf s'il se marie avant. Il touchera dans ce cas 10 millions le jour de son mariage et 30 millions un an après son mariage. »*

- Il n'a pas osé ! Dis-je amer, mes doigts s'enfonçant de plus en plus dans les accoudoirs de mon fauteuil.

Je ne sais pas si je dois en rire ou pleurer. Lane n'aurait pas pu être plus vicieux ! Me faire miroiter 40 millions de dollars à un moment où j'ai le plus besoin de fonds, tout ça pour me poser des conditions impossibles ! Oui, impossibles parce que je n'aurai pas 40 ans avant 10 bonnes années et que je n'ai aucune intention de me marier à qui que ce soit.

- Dites-moi que c'est une blague Christopher !

L'homme aux tempes grisonnantes m'indique que non par un signe de tête et me montre sans hésiter les mots écrits de la main de mon grand-père maternel dont je reconnais bien l'écriture.

Ma mère pose ses doigts tremblants sur mon poignet.

- Je sais que tu penses à Ashford Industry. On peut vendre l'appartement de ton grand-père pour...
- Non maman, non il y tenait trop, dis-je avant de me lever, saluer Chris d'un signe de tête et sortir du bureau.

J'ai besoin de respirer, j'ai besoin d'un verre ! Mon téléphone sonne, c'est Nate.

- Salut mec, alors ?
- Tu veux prendre un verre ?
- Ouh là ! Ça s'est mal passé ?

Je soupire, je ne sais pas comment lui résumer les choses. On se donne rendez-vous au Smith's une heure plus tard.

Nate est mon meilleur ami depuis l'enfance. Il est le frère que je n'ai jamais eu.

Une tape sur l'épaule me sort de mes pensées.

- Tu as une tête d'enterrement, me chahute-t-il avant de s'asseoir en face de moi.

Le café est plein. Il y a toujours du monde à cette heure-là. Il est heureusement suffisamment grand pour ne pas que les tables soient trop rapprochées.

- La villa à Malibu et 40 millions de dollars.

Nate manque de s'étouffer et me recrache presque son café au visage.

- Quoi ? Mais c'est génial Max, tu vas pouvoir arrêter de bosser comme un malade !

Devant mon air abattu, il fronce les sourcils.

- Il y a un mais ?
- Je ne pourrai toucher l'argent que lorsque j'aurai 40 ans sauf si je me marie avant.

Mon ami éclate de rire.

- C'est une blague ?

Je ris à mon tour, mais d'un rire nerveux.

- C'est justement ce que j'ai demandé à son notaire. Mais non, mon grand-père a vraiment fait ça.
- Félicitations quand-même, tu vas être multimillionnaire.
- Sauf que cet argent, je n'aurais pas pu en avoir plus besoin que maintenant. Le prêt m'a été refusé.
- Je suis désolé mon vieux, me dit Nate en me tapotant amicalement l'épaule.

Je remue la tête en me demandant pour la énième fois pourquoi mon grand-père a mis ces conditions. Je pourrais mourir avant mes 40 ans ou alors ne jamais me marier par exemple. Et ça me rend malade car cette entreprise, j'y tiens !

Mon père en a hérité de son père. Même s'il a fait des erreurs, il est hors de question que je laisse cette entreprise disparaître. Je dois à tout prix trouver des fonds pour relancer la boîte.

J'ai ma petite fortune personnelle mais ce n'est pas assez, il en faut plus. Et je risquerais de me retrouver sur la paille si je devais mettre tout mon propre argent dans cette histoire !

- Il ne te reste plus qu'à trouver la charmante demoiselle que tu vas épouser !

Me marier ?

Il y a 3 ans je devais épouser Emy, mon amour depuis le lycée. Je n'aurais jamais imaginé qu'elle puisse me trahir. Je l'ai découverte dans les bras de mon cousin Brandon à 2 heures de la cérémonie de mariage. Elle entretenait une relation secrète avec ce connard. Elle m'a quitté pour lui. J'ai eu énormément de mal à m'en remettre. Puis je me suis juré de ne jamais plus donner mon cœur à une femme, plus jamais !

Grand-père le savait et a toujours tenté de me convaincre que toutes les femmes ne sont pas Emy.

- Me marier ? Tu es fou ! L'amour c'est du passé, dis-je avec une expression de profond dégoût.

Nate essaie ensuite de me changer les idées. Je dois avouer que je suis dégoûté. Grand-père a été généreux c'est vrai, mais 40 ans sérieux ?

Nous continuons à discuter tranquillement. Mon ami et moi commandons un deuxième café chacun.

Quand je vois la nouvelle serveuse s'approcher de notre table, je suis plus que surpris. Qu'est-ce qu'elle fait là ?

- Bonjour, lance-t-elle entre les dents.

Je devine qu'elle n'est pas très heureuse de me voir. Elle gratifie Nate d'un sourire aimable et me lance à moi quelque chose qui est censé être un sourire mais qui ressemble plus à une grimace qu'autre chose.

- Bonjour Keysia.

Elle dépose le café sur nos tables et s'éclipse.

- Punaise! Elle a toujours autant de mal à te sentir !
- Je vois ça oui, dis-je à Nate.

Je suis étonné de la voir ici. Keysia a 24 ans, 6 ans de moins que moi. C'est la meilleure amie de Glenn, ma cousine paternelle.

Nous n'avons jamais réussi à nous entendre, jamais. Je ne peux pas dire qu'on se déteste, du moins plus tellement. Mais on ne se supporte pas. Je la trouve trop suffisante. Elle a toujours l'air de n'avoir besoin de personne et moi j'ai toujours l'impression de l'agacer.

Glenn m'a dit que sa mère était malade et que Keysia avait dû arrêter l'université plus tôt pour se lancer dans la vie active et prendre en charge ses soins. J'imagine que son apparition dans ce café n'est pas fortuite. Elle essaie certainement de joindre les deux bouts.

J'ai proposé de lui venir en aide, bien sûr en demandant à Glenn de lui faire croire que l'aide venait d'elle-même. Chose prévisible, cette petite orgueilleuse a refusé. On aurait dit mon père ! Trop fière pour accepter de l'aide. La dernière fois que je l'ai vue, c'était il y a quatre ans.

Je la trouve changée. Elle a quelque chose de différent. Je la suis du regard, puis mes yeux tombent sur la couverture d'un magazine tenu par une dame assise deux tables plus loin.

- Un mariage factice, dis-je en réfléchissant à voix haute.
- Hein ? M'interroge Nate.

Je reporte mes yeux sur mon meilleur ami.

- Je viens d'avoir la solution à mon problème ! Dis-je tout à coup euphorique. Il ne me reste plus qu'à trouver quelqu'un.
- Mais encore ?
- Un mariage blanc, une sorte de marché avec une partenaire qui serait d'accord pour partager l'argent. Je me marie, j'empoche les fonds, je lui donne une partie et on n'en parle plus ! Je sauve Ashford Industry.

Mon pote me regarde comme si j'étais fou.

- Je pensais que tu ne voulais pas te compliquer la vie avec l'amour, l'engagement, le mariage, tout ça…, me dit-il en agitant ses bras comme un maître d'orchestre.

- Qui te parle d'amour ? Ça sera un contrat, c'est tout.

Il explose à nouveau de rire. J'aimerais être aussi détendu que lui.

- Max, tu penses sérieusement qu'une femme normalement constituée pourrait partager ton nom, ta vie et que sais-je encore sans que les sentiments ne s'en mêlent ? Max Ashford, tu as vu ta tête de tombeur ?

- Ma « tête de tombeur » comme tu dis n'a pas empêché Emy de me tromper et de partir avec Brandon.

- Emy c'est un autre débat !

- Bref ! Il ne me reste plus qu'à trouver une personne de confiance qui comme moi ne souhaite pas s'engager mais qui serait prête à conclure un mariage blanc pour des questions financières. Comme ça, pas de risque de tomber dans le cliché sentiments…

- Keysia.

Cette fois c'est moi qui manque de m'étouffer en avalant mon café de travers.

- Quoi Keysia ?

Je suis la direction de son regard et tombe sur l'intéressée qui est 3 tables plus loin en train de servir un café. Elle sourit à un client et ses joues se creusent pour laisser apparaitre ses fossettes que je trouve adorables.

- Elle est canon ! Me répond Nate.

Je mentirais si je disais que je ne la trouve pas jolie, craquante même. Mais on parle de Keysia là ! L'insolente, la petite effrontée, la gamine exagérément fière, la sauvage…bref, j'en passe. C'est sûr que j'ai des choses plus importantes à gérer que le sex-appeal de Keysia Johnson.

- Concentre-toi un peu Nate ! J'ai besoin d'idées!

Mon ami prend tout à coup un air sérieux, se rapproche et me parle tout bas comme s'il était en train de ficeler le plan le plus stratégique de tous les siècles.

- Je viens de t'en donner ! Ecoute, Keysia est célibataire. J'ai appris récemment que l'état de sa mère avait empiré, qu'elle souffre en réalité d'une maladie rare et doit suivre un traitement dans un hôpital spécialisé excessivement cher.
- Oh ! Murmuré-je tristement.

J'ai beau ne pas pouvoir supporter cette gamine, sa situation me fait réellement de la peine.

- Je ne vois pas où tu veux en venir, ajouté-je en fronçant les sourcils.
- C'est simple. Tu as besoin de l'argent de l'héritage pour ta boîte n'est-ce pas ?

J'opine du chef et mon ami poursuit.

- Keysia a cruellement besoin d'argent pour le traitement de sa mère, elle est célibataire et a autant horreur de l'engagement que toi. Pourquoi ne pas l'embarquer dans ton plan ?

Je suis tellement sidéré qu'aucun son ne sort de ma bouche l'espace de quelques secondes. Puis j'explose de rire.

- Impossible, c'est de la folie !
- Pourquoi ? Tu n'as rien à perdre. En plus elle est super mignonne.
- Tu délires ! On parle de Keysia. K-E-Y-S-I-A ! La cinglée qui a failli m'exploser les burnes avec un coup de genou. Qu'est-ce qu'ils ont mis dans ton café pour que tu débites des inepties pareilles ?!

Nate arque un sourcil et me scrute.

- Quoi ? Ne me dis pas que tu as peur de finir par craquer pour elle ?!
- Pff…Arrête de dire n'importe quoi. C'est une gamine et pas n'importe laquelle.
- Une gamine super sexy en tout cas.

Nate est fou, c'est sûr !

- Et comment tu sais tout ça sur elle toi ? Comment tu sais pour la maladie de sa mère ?

- J'ai mes sources.

Il termine son café et se lève.

- Réfléchis-y mon pote, réfléchis-y, dit-il en me tapotant l'épaule. Il faut que j'y aille, le devoir m'appelle.

Je me lève à mon tour, encore choqué par l'idée totalement délirante de Nate.

En sortant du café, je regarde Keysia. Par le plus grand des hasards, elle se retourne dans ma direction au même moment et son regard s'accroche au mien. Je lui dis au revoir d'un signe de tête. Elle me toise quelques secondes puis finit par me répondre avec une espèce de rictus et se détourne.

Un mariage blanc avec elle ? C'est du suicide ! On mourra tous les deux empoisonnés l'un par l'autre avant la fin de la première semaine de mariage ! Et puis, jamais elle n'accepterait.

∞ ∞ ∞

J'ai un mal de tête terrible. J'ai mal dormi cette nuit, ne cessant de réfléchir à mon plan. Une femme pour m'épouser ? Sans prétention, je pourrais en trouver aujourd'hui même. Je n'arrête pas de me faire draguer.

Mais je ne veux pas me fourrer dans une histoire à problème. Hors de question de me retrouver engouffré dans une histoire de sentiments avec une femme qui s'imaginera rester liée à moi tout le reste de sa vie !

Il me faut une personne aussi peu intéressée par l'amour que moi. Je dois avouer que l'idée de Nate n'était pas bête du tout! Je ne connais pas en détail la vie de Keysia, mais je sais qu'elle n'est pas du genre à s'attacher. C'est exactement ce qu'il me faut. Mais comment réussir à faire adhérer l'intéressée à mon plan ?

C'est de la folie c'est sûr, elle et moi on s'est toujours fuis comme la peste. Mais qui sait, c'est peut-être ça la clé de la réussite de mon plan ? On se marie, chacun fait sa vie de son côté, on divorce après 1 an et c'est fini ! Ça lui coûtera quoi, 1 an sans pouvoir épouser quelqu'un d'autre ? En retour, les soins hospitaliers de sa mère seront entièrement pris en charge et elle aura en plus un bon pactole en poche. Qui refuserait une proposition pareille ?

Nate m'a dit qu'elle était célibataire. J'étais étonné qu'une fille aussi jolie qu'elle soit encore seule. Mais à bien y réfléchir, avec son caractère pourri, ça ne m'étonne pas tant que ça...Elle a dû faire fuir les malheureux qui se sont aventurés vers elle.

Peu importe ! Ça ne fera que me simplifier la tâche ! Et si elle a un petit ami, eh bien...j'aviserai ! Même si je la trouve cinglée, je doute fort qu'elle soit assez stupide pour refuser le marché que je vais lui proposer.

C'est sur ces réflexions optimistes que je démarre ma journée.

Dès que je foule le sol du bureau, Isa mon assistante me suit au pas.

 - Bonjour M. Ashford, vous avez 2 réunions importantes aujourd'hui.
 - Bonjour Isa, apportez-moi les dossiers en salle de réunion je vous prie.

Isa s'exécute et moi je me dirige rapidement vers la salle de réunion. Je ne compte pas m'éterniser au bureau aujourd'hui. Dès que j'atteins la salle, je passe un coup de fil pour me renseigner sur l'heure de fin de service de Keysia. Je connais bien le patron du Smith's, le café où elle travaille.

La journée passe ensuite à une vitesse folle. Dès 18h, je me mets en route vers le café et gare sur le parking en face. Je n'ai aucune idée de ce que je vais lui dire mais je l'attends. Je ne peux pas compter sur mon charme, elle y est insensible, ni sur ma force de persuasion habituelle car cette fille est têtue ! Alors j'improviserai !

Adossé à ma voiture, je regarde entrer et sortir les clients. Le Smith's est l'un des cafés les plus fréquentés de la ville. Il y a toujours plein de monde. Je reste attentif pour ne pas la louper.

Commençant un peu à perdre patience vers 19h30, je la vois finalement sortir du café. Elle ne m'a pas vu et j'ai le temps de la regarder. Elle détache ses cheveux et secoue légèrement la tête.

Je me rends compte à quel point sa chevelure blonde est abondante et magnifique. Elle balade ses yeux verts en amande tout autour du café et son regard s'arrête sur moi. Elle fronce légèrement les sourcils puis se dirige vers le parking où je devine que sa voiture est garée.

Keysia fait de l'effet à tout le monde.

C'est une jolie fille, très jolie même. Mais je ne l'ai jamais regardée autrement que comme une gamine et comme la meilleure amie casse-pied de ma chère cousine. « Tu tomberais amoureux d'elle si tu la connaissais mieux ». Cette phrase, Glenn me l'a dite un nombre incalculable de fois. Eh bien non merci !

Chapitre 2

Keysia

Vivement que cette journée se termine ! Je n'ai cessé d'inverser les commandes depuis ce matin. Heureusement, Gary a été compréhensif. J'ai un peu de mal à m'habituer à ce nouveau boulot mais j'en ai besoin. Si je veux pouvoir reprendre mes cours et surtout payer les soins de ma mère, il faut que je m'accroche.

Hier après mon service, je suis passée la voir à l'hôpital. Elle va mal mais garde le moral. Elle ne s'est jamais laissée abattre par la maladie. J'essaie de rester forte pour elle, mais à vrai dire j'ai presque tout le temps envie de pleurer. La vie ne m'a pas vraiment fait de cadeau. Ma mère est tout ce qu'il me reste et je risque de la perdre à tout moment ! Cet hôpital spécialisé, je ferai tout pour qu'elle y soit admise, tout ce que je peux.

Enfin 19h. Je dépose mon uniforme et me change. Lasse de cette journée éprouvante, je sors du café.

En m'avançant vers le parking, j'aperçois Max.

Max Ashford est le cousin de Glenn ma meilleure amie. Je le connais depuis que j'ai 15 ans. Presque toutes les filles qui croisent son chemin tombent à ses pieds. Plus jeune, j'avais un faible pour lui, mais ça c'était avant de me rendre compte à quel point il était prétentieux et pourri gâté. Je n'aime pas non plus sa façon de me traiter comme une gamine. Je ne le déteste pas mais je ne l'aime pas non plus. J'essaie juste de le tenir bien éloigné de moi.

- Ashford, lancé-je dans sa direction.

Je ne l'ai pas souvent appelé par son prénom.

- Salut Keysia, c'est toi que j'attendais. Tu as passé une bonne journée ? Me demande-t-il en m'adressant un sourire inhabituel.

D'habitude, j'ai plutôt droit au sourire ironique ou sarcastique. Le connaissant, je sais que ça ne va pas tarder à arriver. Et puis, depuis quand s'intéresse-t-il à mes journées ? Il doit avoir quelque chose derrière la tête, je le sens bien.

Je m'arrête non loin de lui. Ses yeux bruns me détaillent. Je n'aime pas la façon dont il me regarde. Son regard est si pénétrant que j'ai l'impression qu'il peut sonder la profonde tristesse qui m'habite en ce moment.

Je ne réponds pas. Mes larmes menacent de couler à tout moment, j'ai accumulé trop d'émotions ces derniers temps.

Max se décolle de sa voiture et vient s'arrêter à ma hauteur. Bien que je sois grande, il me domine de sa taille. Il est grand et a les cheveux châtains. Ses traits sont fins et parfaitement dessinés. Quelques mèches rebelles légèrement ondulées lui tombent sur le front. Ses sourcils fournis rendent son regard encore plus perçant. Même si je le trouve très attirant, il ne m'intéresse aucunement !

- Est-ce que ça va ? M'interroge-t-il.

Il est un peu trop près de moi. Je ne sais pas à quoi il joue. Je recule et le regarde avec méfiance. J'essaie du mieux que possible de museler la douleur qui me comprime la poitrine et de maitriser mes émotions. Il est hors de question que Max Ashford voit mes larmes.

- Qu'est-ce que je peux faire pour toi ? Dis-je sans aucune forme de cérémonie.

Sa main s'avance vers mon visage. Je la regarde comme si c'était un objet répugnant et sans pouvoir me retenir, la projette loin de moi à l'aide de mon poignet. Max reste figé quelques instants, puis un sourire moqueur se dessine sur ses lèvres.

- Toujours aussi sauvage à ce que je vois.

Je suis sur le point de me mettre en colère, puis quand je le vois se protéger les parties intimes à l'aide de ses mains, je ne peux m'empêcher de rire à gorge déployée. La dernière fois qu'il m'a traitée de sauvage c'était il y a cinq ans et il s'est pris mon genou entre les jambes.

- Tu as une bonne mémoire, rétorqué-je à mon tour sur un ton moqueur. Qu'est-ce que tu veux ?

Il prend un air sérieux et semble nerveux tout à coup.

- Je suis venu te proposer un marché.
- Un « marché »? Qu'est-ce qui te fait penser que j'ai envie de faire affaire avec toi ?

Il remue la tête de gauche à droite et puis marmonne une phrase que mon cerveau finit par décrypter comme étant : « Ça ne va pas être simple ».

- Un marché qui te fera gagner au minimum 1 million de dollars.

Il semble attendre une réponse ou un commentaire de ma part mais je ne dis rien. Prudente, j'attends la suite. Max soupire et reprend en plongeant son regard dans le mien.

- J'ai besoin de ton aide Keysia. Mon grand-père maternel m'a laissé un héritage de 40 millions de dollars.

Involontairement, j'effectue un mouvement de recul quand j'entends la somme. 40 millions de...

- Je ne pourrai y toucher qu'à 40 ans, sauf si je me marie avant.

OK, son grand-père multimillionnaire lui a laissé un gros héritage. Tant mieux pour lui. Mais je ne comprends toujours pas quel est le rapport avec moi.

- Epouse-moi, ajoute-t-il soudain.

Je reste figée puis éclate de rire. Il est saoul ?

- Non mais ça ne va pas ? T'épouser ? Jamais de la vie ! Qu'est-ce que c'est que ce délire ?

Je fais sortir un flot de paroles et de jurons que je ne parviens pas à maîtriser, profitant pour évacuer toute la pression accumulée depuis le début de la journée. Je déverse toute ma frustration sur lui et lui demande pour qui il me prend.

- Calme-toi bon sang !
- Pourquoi moi ? Tu as une foule d'admiratrices à tes trousses, tu devrais t'adresser à elles.

Je tourne les talons et accélère le pas en direction de ma voiture.

- Je prendrai la totalité des soins de ta mère en charge.

Sa phrase me stoppe. Je l'entends poursuivre dans mon dos.

- On restera mariés 1 an. Ça sera un mariage blanc. Tu continueras à vivre ta vie de ton côté et moi la mienne. Dès le mariage, je pourrai accéder aux fonds laissés par mon grand-père et financer les soins de ta mère dans l'un des meilleurs hôpitaux de tous les Etats-Unis. Je vous mettrai à l'abri du besoin. Tu pourras arrêter de travailler et reprendre sereinement tes études.
- Pourquoi moi ?

Max s'avance et viens me faire face. Il n'y a plus aucune ironie ou moquerie dans son regard.

- J'en ai besoin pour relancer la société de mon père sinon elle risque de déposer le bilan. Je ne peux me permettre le luxe d'attendre jusqu'à mes 40 ans. Ma seule solution reste le mariage, mais pas avec n'importe qui. Je sais que tu as autant besoin que moi de cet argent et...

Je lève la main pour lui faire signe d'arrêter et remue la tête.

- Ma vie est bien assez compliquée comme ça.

- Un mariage blanc Keysia. Je te sais indépendante et détachée, alors ce plan est parfait pour nous deux. On ne risque absolument pas de se retrouver dans une histoire compliquée de sentiments.

Il parle comme s'il me connaissait alors qu'il ne sait rien de moi, absolument rien ! Tout le monde à part ma mère et Glenn ignore que cette apparence froide et détachée est une carapace pour masquer ma fragilité.

Un mariage avec Max ? C'est de la folie ! Non, il doit bien avoir un autre moyen de payer les soins de ma mère. Je travaillerai de jour et de nuit s'il le faut, je ferai des heures supplémentaires autant que possible, mais j'y arriverai.

- Non, c'est hors de question.

Mon ton froid semble l'avoir déstabilisé et dissuadé. Je tourne à nouveau les talons et rejoins ma voiture. Je démarre sans lui jeter un regard et rentre chez moi.

Je suis tellement tendue et fatiguée que j'ai mal au crâne. Je prends une douche et retourne à l'hôpital pour voir ma mère. Je la trouve endormie. Elle a tellement l'air apaisée quand elle dort.

Je reste longtemps à la regarder, puis sort discuter avec son médecin en espérant qu'il me donne des nouvelles encourageantes mais c'est tout le contraire. Son état ne s'est pas amélioré. On doit faire vite.

Je rentre à la maison totalement démoralisée. Toute la nuit je pense à maman. Je l'aime tellement. Si elle partait maintenant, je ne sais pas comment je pourrais continuer à vivre. Je n'ai qu'elle...

Mes pensées s'envolent ensuite vers Max. Je repense à sa proposition. Et si c'était la solution ? J'aimerais pouvoir demander conseil à ma mère, mais je ne veux pas. A Glenn ? Non plus. Si je devais prendre une telle décision, je voudrais que ça reste un secret. J'en aurais trop honte !

Peut-être que demain je me réveillerai avec une vision plus claire ?

Je finis par m'endormir.

Chapitre 3

Max

Les choses ne se sont pas très bien passées avec Keysia. Elle s'est quasiment enfuie. Je ne suis pas très étonné.

Il ne me reste que deux options, soit trouver une autre partenaire, soit la harceler jusqu'à ce qu'elle cède. Cette dernière option ne m'enchante absolument pas car je n'ai pas très envie de descendre aussi bas.

Aujourd'hui c'est le début du week-end. Après mon footing matinal, je prends une douche. Comme il fait une chaleur infernale, je m'assois en short dans le salon pour prendre mon petit déjeuner lorsque quelqu'un frappe timidement à la porte. Je suis étonné, il est tôt. C'est peut-être Madame Griefield, la vieille dame du dessus.

J'avale la bouchée que je viens de me mettre dans la bouche et ouvre la porte.

- Bonjour Max.

Mon cœur fait un bond ! Keysia est là devant ma porte à me fixer. Elle a l'air résignée.

- J'accepte ta proposition, ajoute-t-elle en fixant maintenant ses doigts qu'elle tortille nerveusement.

Je ne sais quoi lui dire et reste planté là à la regarder. J'essaie de ne pas sauter de joie.

- Entre, finis-je par dire en m'effaçant pour la laisser entrer dans l'appartement.

En passant, sa peau frotte la mienne par inadvertance et je sens mon corps tout entier réagir à ce contact. Son parfum aux délicates notes fleuries m'effleure les narines. Il sent si bon que je ne peux me retenir de fermer les yeux pour en savourer les effluves. Elle porte un simple jean et un T-shirt rose clair qui épouse ses formes, mais c'est fou comme elle est attirante.

Ça commence mal, très mal ! Bien vite, je me pince discrètement et me ressaisis.

Je referme la porte et lui fais signe de s'asseoir lorsque j'aperçois ses yeux larmoyants.

- Ouh là ! Tu n'as pas l'air d'aller bien.

Elle a vraiment l'air mal en point. Son air insolent et rebelle a laissé place à une mine d'enfant triste. Son menton tremble comme si elle allait éclater en sanglots mais son poing serré m'indique qu'elle résiste de toutes ses forces.

Je mets toutes mes réserves de côté et m'approche d'elle, lui prend le menton entre les doigts et relève son visage vers moi. Quand elle plonge ses magnifiques yeux pleins de larmes dans les miens, je me demande si c'était une bonne idée de m'être autant approché d'elle.

- Tu as le droit de pleurer tu sais, lui murmuré-je quelque peu troublé par cette proximité très inhabituelle.

L'espace d'un instant, elle a l'air aussi troublée que moi.

Je rêve où elle vient de rougir ? Elle recule et reprend très vite son habituel air insolent qu'elle rive sur mon torse.

- Tu pourrais au moins te vêtir décemment ? Me balance-t-elle de but en blanc avec un air hautain.

Non mais pour qui elle se prend ? Je suis chez moi. Son semblant de fragilité n'aura pas duré longtemps ! Avec elle, j'ai toujours l'impression d'avoir affaire à un animal non apprivoisé !

- Tu l'as peut-être oublié mais c'est chez moi ici et il est 10h.

- Parce qu'il te faut une heure pour te vêtir ?

Elle me provoque mais je ne vais pas rentrer dans son jeu. Si je veux toucher mon héritage je n'ai pas le choix, il me faut composer avec elle. Je décide de ravaler les remarques peu aimables que j'avais au bout des lèvres.

- Tu veux manger quelque chose ?
- Non merci, je n'ai pas faim.

A peine a-t-elle terminé sa phrase que j'entends un bruit d'estomac qui gargouille. Je ne peux réprimer un sourire moqueur et me dirige vers la salle à manger.

- Viens t'asseoir.

Elle semble hésiter puis finit par me suivre et venir s'assoir sur une des chaises de la salle à manger.

- Des œufs au bacon ça te va ?

Elle opine du chef. Je souris discrètement et lui prépare son petit déjeuner.

- Qu'est ce qui t'a fait changer d'avis ?
- Pour le petit-déjeuner ou pour ta « demande en mariage » ?

Je soupire. Elle a bien pris le soin de marquer l'accent sur ces trois derniers mots comme pour me titiller. Elle me cherche.

- Pour le petit-déj, j'imagine que c'est parce que tu meurs de faim. Faut croire que ton estomac est moins fier que toi...Pour la deuxième option, il ne s'agit absolument pas d'une demande en mariage comme j'imagine que tu as bien pu comprendre mais d'un marché. Et oui je parlais bien de ça.

Elle lève les yeux au ciel, agacée et soupire à son tour.

- Ma mère va mal, je ne dois pas perdre de temps.

Elle n'en dit pas plus mais j'ai compris. J'imagine que le sujet est sensible et qu'elle ne souhaite pas s'étaler dessus aujourd'hui. On commence donc à parler de notre plan. Il est très simple.

Sans l'argent de l'héritage, j'ai de quoi commencer à financer les soins de sa mère, ce n'est pas un problème. On lancera les démarches pour son transfert dès aujourd'hui. Keysia et moi nous marierons à Las Vegas, ça va être rapide.

Dès que je remettrai l'acte de mariage à Chris, je pourrai toucher les 10 millions. Je mettrai Keysia et sa mère à l'abri du besoin, elle ira continuer ses études à l'université et moi je ferai ma vie de mon côté. Dans 1 an, dès que j'aurai empoché le reste de l'argent, on se rappelle pour parler divorce et ça sera terminé.

Tout a l'air simple mais j'ai oublié un détail, il faut que Chris me confirme la procédure pour toucher les fonds. Je décide de l'appeler avant que Keysia ne rentre chez elle. Je réussis à le joindre sur son portable et lui présente mes excuses pour être parti brusquement le jour de la lecture du testament de grand-père. Je lui demande ensuite de me préciser la procédure.

- C'est bien que tu me rappelles à ce sujet Max, ton grand-père a laissé une annexe à son testament précisant quelques conditions quant à ton éventuel mariage. Je te les faxe immédiatement.
- Encore des conditions ? J'espère que c'est une blague cette fois-ci !

Quand Chris me les explique en détail, je vois rouge !

- Max tu es là ?

Malheur !!!

- Je dois vous laisser Chris.

Je raccroche illico, j'en ai assez entendu. Dans quel autre merdier suis-je fourré bon sang ?! Tout avait pourtant l'air si simple et maintenant… Irrité, je me dirige vers la baie vitrée du salon. Ici la vue est magnifique. La plupart du temps elle m'aide à déstresser. Je suis vraiment dans la merde !

- Alors ?

Je ne lui réponds pas tout de suite. Ce plan commence vraiment à devenir compliqué. Reste calme Max !

Je respire et me retourne finalement vers elle. Elle a la bouche pleine et une bouille adorable. Ainsi, elle paraît moins agressive, mais je n'ai pas le temps de savourer l'instant et de lui lancer une pique. L'heure est grave, vraiment très grave !

- Pour éviter que je ne fasse un mariage de convenance, mon grand-père a comment dire... imposé un certain nombre de conditions.

Je m'éclaircis la voix et continue :

- Il faudra que le mariage soit célébré en présence de la famille et du notaire. Il doit s'agir d'un mariage d'amour, ce qui signifie qu'on devra faire semblant devant tout le monde et vivre ensemble. Sans ça, pas d'héritage.

De toute ma vie, je n'ai jamais vu personne rougir aussi violemment. Elle est devenue presque pourpre.

Mince ! Je crois qu'elle a avalé de travers. Je fonce vers elle et lui tend un verre d'eau qu'elle avale. Quand elle a repris ses esprits, je tâte le terrain.

- Si tu veux te rétracter... je comprendrai. Après tout, rien de tout ceci n'était prévu dans le plan de départ...

Contre toute attente, elle me fixe droit dans les yeux et me répond :

- Non, je veux aller jusqu'au bout.

Je suis surpris par sa réponse et à la fois effrayé par la tournure que prennent les évènements. Je n'ai aucune idée de comment vont se passer les choses.

- A condition que les règles soient claires dès le début, ajoute-t-elle d'un air sérieux. On fait chambre à part les premières semaines.

Un sourire se dessine sur mes lèvres. Je ne résiste pas à l'envie de la titiller.

- Et on dormira dans la même chambre ensuite ? Dis-je le regard soudain lubrique.

Une expression horrifiée se dessine sur le visage de ma presque future-femme.

- Même pas en rêve ! Dès qu'on n'aura plus le notaire sur le dos, on fera juste semblant de vivre ensemble mais en réalité chacun sera dans son propre appartement.

Je ne sais pas si les choses pourront se passer aussi simplement mais OK, pourquoi pas ?

- Marché conclu, dis-je en lui tendant ma main droite qu'elle serre en guise d'accord.

Ses doigts sont fins, sa peau est très douce et tiède. Je me surprends à aimer ce contact et le prolonge de quelques secondes. Keysia retire ses doigts en vitesse et me fixe avec méfiance. Je souris, amusé.

Avec Keysia et sa façon de démarrer au quart de tour, je vais bien rigoler, c'est sûr !

∞ ∞ ∞

Les semaines qui suivent, j'informe ma mère et mes proches que Keysia et moi allons nous marier. On a dû inventer une histoire de relation cachée puis de fiançailles. J'ai raconté qu'on se fréquentait discrètement déjà depuis quelques mois et que les choses se sont concrétisées entre nous.

Nate est resté le seul à être au courant. Ce fou n'a pas cessé de se payer ma tête quand je lui ai dit que son idée n'était finalement pas aussi pourrie que ça et que j'allais épouser Keysia. Il m'a presque bousillé le tympan à coups de « *Et qui est le meilleur des meilleurs amis ?* ».

Glenn n'a pas arrêté avec les « *je le savais, je le savais bien ! Max je t'avais dit que tu finirais par tomber amoureux d'elle…* ».

Quant à ma mère, j'ignore si elle a fait le rapprochement avec l'héritage mais si elle s'est doutée de quelque chose, elle l'a bien caché. Elle avait l'air très heureuse, nous a pris dans ses bras et n'a cessé de nous embrasser Keysia et moi. Elle l'apprécie c'est sûr. Je me sens mal de lui mentir de la sorte mais je me vois mal lui expliquer que je suis en train de me sacrifier pour sauver l'héritage familial. Il vaut mieux qu'elle reste en dehors de tout ça.

On a réussi à échapper de près à la fête de fiançailles et c'est un véritable miracle. On devra faire semblant au mariage et c'est bien assez comme ça !

Le mariage… bon sang ! J'appréhende ! Vu les réactions de mon corps quand Keysia est dans les parages, il est sûr et certain que je dois être sur mes gardes. Je me suis promis de rester le plus loin possible d'elle et ne cesse de me répéter mentalement les mêmes mots : « C'est Keysia, K-E-Y-S-I-A, L'insolente, l'effrontée, la gamine, la sauvage… ».

Chapitre 4

Keysia

Trois mois se sont écoulés depuis que Max m'a proposé cette union. Je ne regrette pas d'avoir accepté. Comme promis, il a avancé les soins médicaux pour ma mère et elle a très vite été transférée dans un hôpital spécialisé de l'état, c'est le meilleur des Etats-Unis.

C'est plus qu'un hôpital. Il est annexé à une excellente maison de repos et de convalescence où elle est très bien entourée. Je suis plus rassurée et peut songer à réduire la fréquence de mes visites et me concentrer sur la reprise de mes études. J'irai la voir une fois par semaine.

Je ne serai jamais assez reconnaissante envers Max pour cela. Il s'en est occupé avec tant de dévotion que j'en ai été touchée. Moi qui ai pour habitude de refuser l'aide de tout le monde, je n'ai pas eu le temps de refuser quoi que ce soit cette fois-ci. En l'espace de quelques jours tout a été organisé.

 J'ai aussi arrêté il y a quelques semaines mon emploi à temps partiel au Smith's. Il a fallu organiser la cérémonie de mariage. J'ai informé ma mère qui en a été très heureuse même si elle était triste de ne pas pouvoir être à mes côtés le jour de mon mariage. Ça m'a fait de la peine pour elle puisqu'elle s'imagine que c'est LE mariage de ma vie. Maman ignore tout de mon accord avec Max, tout comme sa famille à lui, y compris Glenn qui en ce moment même est en train de me coiffer.

Je n'oublierai jamais sa tête et son cri de joie lorsque je lui ai dit que j'allais épouser son cousin. J'ai dû inventer une histoire à dormir debout. Elle y a cru. Je me demande encore pourquoi, elle qui me connaît si bien ! Je suppose que Max a servi les mêmes bobards à ses proches.

- Tu es magnifique ! Relaxe, ça va être l'un des plus beaux jours de ta vie.

- Merci, dis-je en pressant ses doigts.

Stressée ? Oh oui je le suis. Je suis stressée par tout ce tissu de mensonges. Je m'en veux de mentir ainsi à ma mère et à ma meilleure amie, mais j'ai tellement honte de ce que je suis en train de faire que je n'ai pas le courage de l'avouer à qui que ce soit. Et puis comme Max l'a dit, moins il y aura de personnes au courant de notre petite combine et mieux ça sera. Il m'a dit que seul Nate était au courant. Je sais d'avance que je vais être gênée face à lui.

- C'est l'heure, m'annonce avec un sourire chaleureux ma « future belle-mère » qui vient d'entrer dans la chambre.

Nos relations Max et moi ont beaucoup évolué. Je ne peux pas continuer à être aussi antipathique avec lui quand il a résolu la moitié de mes soucis en l'espace de quelques semaines. Un sourire se dessine sur mes lèvres. Je n'irais pas jusqu'à dire que nous sommes devenus amis. Disons seulement qu'on se tolère mieux.

Je me regarde une dernière fois dans le miroir et me surprends à me demander s'il me trouvera jolie. Quelle idée absurde !

Quelques temps plus tard, me voici les jambes tremblotantes devant une magnifique allée créée dans l'immense jardin d'une villa de Malibu qui appartient maintenant à Max. Je porte une très belle robe de mariée près du corps et légèrement décolletée dans le dos. Cette robe est sublime mais je ne voulais pas me la permettre étant donné les circonstances. Je souhaitais opter pour une robe plus simple mais c'était sans compter sur la ténacité de Glenn et de la mère de Max.

Dès que la marche nuptiale retentit, les invités se lèvent et se tournent dans ma direction. Une petite cérémonie hein ? Je n'appellerais pas ça comme ça ! Sally a fait tout en grand.

Anxieuse comme jamais, je m'avance dans l'allée. Les invités m'adressent au passage des regards admirateurs. Plus loin, je l'aperçois, vêtu d'un costume sur mesure beige. Il est très élégant.

Plus je m'avance et mieux je vois son visage et me rends compte à quel point il est beau, un peu trop beau même. Un véritable danger ambulant ! Il va falloir rester prudente. Si ce n'était pas pour ma mère, pour rien au monde je ne me fourrerais dans un guêpier pareil ! Non pas que je sois susceptible de tomber sous son charme, mais n'est-ce pas trop risqué de fréquenter de si près un homme comme lui ? Toutes les filles tombent à ses pieds comme des mouches aspergées d'insecticide !

Je ne sais pas s'il est aussi stressé que moi. Si c'est le cas, il cache bien son jeu. Dès que j'arrive à quelques mètres de lui, il s'avance vers moi, un sourire de tombeur aux lèvres et me prend la main. Il se penche pour déposer un baiser sur ma joue. Son parfum à l'effluve boisée et terriblement sensuelle me chatouille les narines.

Je suis horriblement troublée et angoissée, j'ai l'impression d'être comme un condamné à mort qui s'avance vers le bûcher ! Pourtant, j'essaie tant bien que mal de me maîtriser et de jouer le jeu. Je lui souris à mon tour.

- Tu es magnifique, murmure-t-il à mon oreille.

Je devrais lui dire merci et lui retourner le compliment mais je n'en fais rien, trop perturbée.

La cérémonie démarre.

L'officiant parle mais mon cerveau ne parvient pas à enregistrer ce qu'il dit. Je suis tellement stressée que j'ai les mains moites.

Misère ! Qu'il ne nous demande surtout pas de prononcer des vœux de mariage préparés à l'avance. Je n'ai absolument rien préparé et de toute façon, je n'aurais rien à dire. A mon grand soulagement, il n'en fait rien. J'imagine que Max a dû lui dire par avance que nous n'en avions pas. Il nous demande à chacun si nous consentons à nous prendre pour époux, ce à quoi nous répondons chacun oui, ensuite il prononce à l'endroit de Max :

- Vous pouvez embrasser la mariée.

Oh Malheur ! J'avais oublié qu'il y avait ça aussi dans un mariage !

Je tourne un regard médusé vers celui qui est désormais « mon mari ». Mes jambes tremblent de plus en plus. Max me regarde droit dans les yeux, s'avance vers moi, pose une main au creux de mon dos et m'embrasse. Son baiser déclenche en moi une cascade de sensations contre lesquelles j'essaie de lutter en vain. Mes lèvres s'entrouvrent malgré moi et je réponds à son baiser sans comprendre pourquoi ni comment.

Il me presse contre lui et pose sa deuxième main sur ma nuque. Après quelques secondes qui m'ont semblé être une éternité, il cesse de m'embrasser et se détache, le regard arrimé au mien. Mon cœur bat la chamade et mon cerveau semblait s'être mis sur « pause » car c'est à ce moment que je prends conscience des acclamations et des cris enjoués des invités.

Je redescends sur terre et lui jette un regard furibond. J'ai envie de l'étriper et de lui arracher son sourire satisfait des lèvres.

Tout se passe très vite ensuite. Quelques minutes plus tard, la cérémonie civile se termine et nous recevons les félicitations de tout le monde.

Le cocktail démarre.

Max me présente au notaire que nous sommes censés convaincre. J'essaie de rester le plus naturel possible, mais lui essaie de jouer au mari amoureux. Il glisse sa main dans mon dos et me maintient près de lui tandis qu'il me présente à Christopher, lequel nous regarde avec une attention non dissimulée. Dès que les présentations sont faites et que le notaire a le dos tourné, je m'apprête à repousser cet abruti lorsque d'autres invités s'approchent de nous et je suis encore obligée de faire semblant.

A mon plus grand désespoir, c'est comme ça toute la journée. Nous sommes rarement à l'abri des regards et mon « mari » de circonstance fait bien semblant.

Arrive très vite le moment de l'ouverture du bal. Max se lève et me tend la main.

- C'est l'heure de notre danse.

J'imagine que je suis obligée de le faire…Résignée, je glisse ma main dans la sienne et il m'entraîne sur la piste sous les regards admirateurs des invités. Quand j'entends retentir « A thousand years » de Christina Perri, j'en veux cruellement au DJ ! Une chanson aussi romantique pour un mariage aussi faux ?!

Max m'attire contre lui. Cette sensation étrange contre laquelle je lutte depuis le moment où il a saisi ma main dans l'allée nuptiale s'empare à nouveau de moi. Une sensation de papillons dans le ventre. Qu'est ce qui m'arrive ? Blottie contre lui, son parfum m'enivre et je ne me reconnais plus. Je ne trouve pas en moi la force de le repousser ou de le tenir à une distance raisonnable. Mentalement j'essaie de me convaincre que c'est uniquement pour jouer le jeu.

- Détends-toi, l'entends-je dire.
- On est vraiment obligés de faire tout ce cirque ?

J'entends son rire près de mon oreille.

- C'était plutôt agréable non ?
- Quoi ?
- Ce baiser.

Je rougis.

- Troublant je dirais. C'était pour la circonstance et ça n'arrivera plus, affirmé-je de mon ton le plus froid.

Il se détache légèrement et viens planter son regard de braise dans le mien tout en continuant à m'entrainer au son de la musique. Son regard est brûlant et il me dévisage avec une intensité inhabituelle. Une lueur que j'ai du mal à décrypter danse dans ses yeux.

- Tout le monde nous regarde, me dit-il.
- Et alors ?

Je ne vois pas où il veut en venir.

- Alors tu n'as pas intérêt à me repousser sinon on sera grillés.

Sans crier gare, il me plaque contre lui et plonge sa langue dans ma bouche en un baiser possessif. Il m'embrasse à pleine bouche. Reprenant mes esprits, je le mords avec toute mon énergie. Il me lâche et recule, puis caresse sa lèvre rougie et me regarde avec un sourire narquois.

Pile à ce moment, le morceau a fini de jouer et les convives nous rejoignent sur la piste de danse où résonne une musique plus festive.

Je débite un flot incalculable de jurons et le laisse sur la piste pour me diriger vers les toilettes. A quoi il joue ? Vivement que cette maudite fête se termine !

Au moment où je pense enfin pouvoir me retrouver seule loin de cet abruti et arrêter de faire semblant quelques minutes, Sally m'accoste.

- Tu es la plus jolie mariée que j'aie jamais vue ! Je suis si heureuse que mon fils et toi passiez votre vie ensemble ! Ajoute-t-elle en me prenant les deux mains.
- Oh ! Merci Sally, dis-je un peu gênée.

J'ai du mal à faire semblant quand je suis près d'elle. La mère de Max est si…si adorable, si douce. Je ne sais pas trop quoi lui dire.

- Moi aussi je suis heureuse de devenir votre belle-fille.
- Si un jour tu en as besoin, n'hésite pas à m'appeler ou à venir me voir. Sans Max je veux dire, d'accord ?

J'imagine qu'elle aurait aimé avoir une fille et me considère comme telle.

- C'est promis.

Sally m'adresse un sourire affectueux mais qui me donne l'impression qu'elle a quelque chose derrière la tête.

- J'ai été une jeune future maman moi aussi alors…

Oh non, elle pense que...que ...?

Punaise ! C'est surement ce que pensent la plupart des gens présents ici, que ces fiançailles soudaines et ce mariage précipité ont eu lieu parce que j'attends un bébé!

 - Mais non, Sally ! Je ne suis pas enceinte ! Dis-je en ne réussissant pas à masquer mon air rebuté.
 - Oh ! Comme je suis maladroite, je suis désolée Keysia. J'ai cru que...
 - Ah pas du tout ! Ce n'est pas le cas, Max et moi on n'a jamais...

Je réussis à me mordre la langue à temps avant de lui donner une quelconque information compromettante.

 - J'espère que vous serez grand-mère un jour, mais ça attendra surement encore un peu, finis-je par dire avec un sourire qui se veut convainquant pour essayer de masquer ma gêne.

Je lui souhaite d'être grand-mère mais ça ne sera certainement pas par mon biais ! Je demande poliment à Sally de bien vouloir m'excuser et m'éclipse.

Quand je pense qu'il me faudra jouer cette comédie pendant les 12 prochains mois...

J-365...Je ne suis pas sortie de l'auberge!

Chapitre 5

Max

Je suis vraiment dans le pétrin ! Je crois que je ne suis pas si insensible que ça au charme de Keysia. Ça commence mal... Il faut que j'arrive à me maitriser et à remettre de la distance entre nous.

Qu'est ce qui m'a pris de l'embrasser comme ça ? OK, la première fois c'était disons pour convaincre tout le monde, enfin je crois bien. Mais ce deuxième baiser ?

« Ce n'est qu'une gamine insolente », m'efforcé-je de me répéter mentalement pour me souvenir de l'époque pas si lointaine que ça où je la détestais presque.

Je m'avance vers le bar dressé dans le jardin de la villa et me fait servir un verre de whisky. Nate me rejoint très vite.

- Merci qui ? Me dit-il un large sourire aux lèvres et les bras ouverts.

Je souris à mon tour. Il n'a aucune idée du pétrin dans lequel je suis. Comment faire pour tenir un an dans un mariage blanc avec « ma femme » si en moins de 24h j'ai déjà l'impression de perdre pied ? Rien que l'odeur de son parfum me perturbe. Je ne m'étais pas trompé, ça ne va pas être simple du tout !

J'essaie de faire bonne figure devant Nate mais il m'a démasqué.

- Pas la peine de le cacher, j'ai vu comment tu la regardes.
- C'est si évident que ça ?

Nate est mort de rire.

- Sérieux, j'ai cru que tu allais la déshabiller devant tout le monde !

Je lui donne un coup de coude dans les côtes.

- Vas-y molo avec elle, me prévient-il sur un ton moins léger.
- T'inquiète !

Le reste de la cérémonie, j'essaie de garder plus de distances avec elle. C'est bon, j'ai assez joué au mari amoureux, je pense que la comédie a réussi à convaincre.

La fête tire à sa fin. Nous nous retrouvons très vite dans la chambre d'hôtel où nous sommes censés passer notre nuit de noces. « Ma femme » m'a à peine adressé la parole depuis ce baiser sur la piste de danse.

- Tu vas continuer à bouder longtemps ?
- Je ne boude pas !
- Bien sûr que si.
- Non, je suis simplement fatiguée.

Elle promène son regard sur l'immense suite nuptiale décorée avec soin mais pas du tout adaptée à notre situation. Cette suite est un peu trop intime et romantique.

Bien que très grande, elle n'a qu'un lit aussi immense soit-il et une magnifique terrasse qui donne sur l'une des plus belles plages de Malibu. C'est ma mère qui a tout organisé...Elle a tellement insisté que je l'ai laissée faire. Nous ne sommes pas restés dans la villa que m'a léguée grand-père car elle est en travaux. C'est un exploit que l'organisateur du mariage ait pu y aménager aussi intelligemment un endroit pour la cérémonie de mariage !

- Il n'y a qu'un lit, marmonne Keysia irritée. Il est hors de question qu'on dorme sur le même lit !
- OK, dans ce cas tu dormiras à même le sol ou sur le canapé.

Son expression horrifiée est plus que drôle.

- Jamais! La galanterie tu connais ? C'est toi qui dormiras dessus, un point c'est tout !
- Jamais de la vie, clamé-je en m'asseyant sur le lit, il est bien trop confortable.

Elle est hors d'elle et fulmine contre moi. Je m'en fiche ! Sans faire attention à elle, je me relève, ôte ma veste et commence à déboutonner ma chemise.

- Qu'est-ce que tu fous ? Me balance-t-elle avant de se tourner contre le mur.
- Je te rappelle que tu m'as déjà vu torse nu et en short.

Elle marmonne je ne sais quoi. Je ne m'occupe pas d'elle, me déshabille et reste en caleçon.

D'accord, je n'ai pas l'intention de la toucher mais je ne vais quand même pas commencer à me gêner et faire attention au moindre petit détail. Je n'ai pas le temps pour ça et en plus c'est une adulte ! Bon je garde tout de même mon caleçon histoire de ne pas la mettre plus mal à l'aise qu'elle ne l'est déjà. Et puis si on commence à se balader tout nu, ce mariage risque de ne plus être si blanc que ça...

Je la laisse dans la chambre et rejoins la salle de bain. Tant pis pour elle si elle veut rester emmitouflée dans sa robe de mariée. Moi, j'ai chaud !

J'ai pris le soin d'emporter mes vêtements de rechange dans la salle de bain et de m'y vêtir avant de revenir dans la chambre. Après ce bon bain qui m'a bien détendu, je la retrouve les mains dans le dos en train de lutter avec les boutons de sa robe.

Sans prévenir, je m'approche doucement et pose mes doigts sur les siens. Elle se raidit à mon contact. J'écarte ses mains et commence à enlever les boutons les uns après les autres. Je devine qu'elle ne m'aurait jamais laissé faire si elle n'avait pas elle-même échoué.

Je finis de déboutonner sa robe. Pas de risque qu'elle tombe, Keysia la tient bien de ses deux mains. Sa peau légèrement bronzée par le soleil de Malibu est si tentante que je peine à me retenir de la toucher. Je m'imagine en train de déposer de petits baisers dans son cou... Mince, qu'est ce qui m'arrive ? Je m'éloigne brusquement.

- C'est bon j'ai fini.

- Merci.

Elle s'éclipse dans la douche. Je ne l'attends pas et me glisse dans le lit, je tombe de fatigue. J'éteins la lumière, allume la lampe de chevet et me mets bien à l'extrémité du lit. Je tarde à trouver le sommeil puis l'entends revenir plus tard dans la chambre quand elle a terminé. Elle hésite, puis finit par se glisser elle aussi dans le lit à l'autre extrémité avant d'éteindre la lampe de chevet. Personne n'ose bouger.

- Détends-toi, je ne vais pas te sauter dessus.
- N'essaie même pas, me met-elle en garde.

Je ris discrètement et décide de la titiller un peu.

- Après tout, j'en aurais bien le droit non ? Nous sommes bien mari et femme.
- Essaie si tu veux finir castré !
- Avoue que tu as peur d'y prendre goût et de ne plus pouvoir te détacher de moi, ajouté-je provocateur.

Elle se retourne dans le lit pour regarder dans ma direction. J'allume la lampe de chevet et me tourne à mon tour pour lui faire face.

- Tu te crois si irrésistible que ça ? Me lance-t-elle un sourcil levé.

Et si on s'amusait un peu…

- Je n'ai jamais dit ça. C'est juste que tu avais l'air d'apprécier mes baisers. Peut-être que tu en veux plus. Je suis d'humeur généreuse.

Je la taquine bien sûr, je n'ai aucune intention de la toucher !

Au lieu de s'énerver à la moindre pique comme d'habitude, Keysia me regarde tout à coup avec sensualité et se mord lentement la lèvre inférieure.

- C'est peut-être toi qui en veux plus…, me répond-elle avec un air de séductrice, faisant glisser son regard langoureux sur mes lèvres, puis me regardant droit dans les yeux.

Est-ce une invitation ? Je suis surpris et déstabilisé, je ne m'attendais pas à ça. Une vague de chaleur m'envahit. Quelques secondes s'écoulent et son regard de braise est toujours arrimé au mien.

Alors que je sens mon traître de corps commencer à réagir et que je suis encore en train de me demander quoi faire, cette chipie explose de rire au point d'être pliée en deux.

 - Non mais tu crois vraiment que je viens de t'inviter à coucher avec moi? Faut que tu redescendes sur terre Ashford. Même pas en rêve !

Furax et frustré, je me retourne et éteins la lampe de chevet.

OK. Max 0, Keysia 1.

 - Bonne nuit, me lance-t-elle avant de se retourner.
 - C'est ça, bonne nuit, marmonné-je à mon tour, un peu irrité de m'être fait prendre à mon propre jeu.

Chapitre 6

Keysia

Il fait jour. Je me lève courbaturée bien que le lit soit confortable. Je me suis coincée vers le bord pour éviter le moindre contact avec Max et j'ai dormi toute la nuit dans la même position.

Je jette un coup d'œil de son côté. Je ne peux pas en dire autant de lui. Il est allongé sur le ventre en caleçon, la tête dans l'oreiller et les jambes écartées comme s'il dormait seul. Je me demande d'ailleurs à quel moment il a enlevé son pyjama.

Sans que je puisse me retenir, mon regard se balade le long de son corps. C'est impossible à nier, il est très attirant, mais ce n'est certainement pas pour moi ! C'est vrai que j'ai été troublée quand il m'a embrassée, mais j'ai vite fait de chasser ces sensations.

Je me brosse les dents, me mets en maillot de bain, prends une serviette et fait coulisser doucement la baie vitrée qui donne sur la terrasse puis la mer.

Dès que je sors, la brise marine m'effleure le visage. C'est tellement agréable ! Ça fait longtemps que je ne me suis pas accordé le moindre moment de détente, travaillant sans relâche.

C'est une plage privée réservée aux clients de l'hôtel et si tôt le matin, il n'y a quasiment personne.

C'est fou comme l'eau est agréable. Au fur et à mesure, quelques baigneurs commencent à arriver.

Je finis de me baigner et m'allonge sur un transat pour profiter des premiers rayons de soleil de la journée.

- Bonjour, est-ce qu'on peut vous ternir compagnie ?

J'ouvre les yeux et aperçois devant moi un homme d'environ 1m80, blond, plutôt bel homme et une allure de surfeur. Une jolie fillette d'environ 4 ou 5 ans aux bouclettes blondes lui tient la main.

- Bonjour.

Je lui réponds avec un sourire aimable. Un peu de compagnie ne me ferait pas de mal en effet.

- Votre fille est magnifique.
- Merci. Dis bonjour Izy. Allez, dis bonjour à la dame.

La fillette me sourit. Il lui manque une dent, elle est adorable. Elle me tend ses petits doigts potelés.

- Bonjour Izy, moi c'est Keysia.
- Joli prénom, je m'appelle Andrew, ajoute son père en me tendant la main.

Nous bavardons de tout et rien. Andrew est de très bonne compagnie. Il est professeur de droit, père célibataire et est venu en vacances à Malibu pour passer du temps avec sa fille. Je passe un très bon moment en leur compagnie puis décide de retourner dans la suite, Max est peut-être levé. J'ai très envie de visiter Malibu. Je n'y étais jamais venue avant.

En revenant dans la suite, je ne l'y trouve pas. Bizarre.

Je prends une douche et jette ensuite un coup d'œil à ma montre.

10 heures. Il n'est pas trop tard pour me commander un bon petit déjeuner. Ce que je fais.

Je suis encore en train de me lécher les babines lorsque mon « mari » revient, dégoulinant de sueur.

- Salut, je pensais te trouver encore endormi quand je suis revenue.
- Non, footing matinal.
- Pas si matinal que ça ! Rétorqué-je en regardant ma montre.

Il me lance un regard assassin puis se dirige vers la salle de bain. Il n'a pas l'air d'être levé du bon pied.

- J'aimerais bien visiter Malibu.
- Demande à ton nouvel ami !

Il m'a vu discuter avec Andrew, et alors ? Quoi, il est jaloux ?

- Ne me dis pas que tu es jaloux ?

Max m'ignore et va prendre sa douche. Quand il revient quelques minutes plus tard, il est nu comme un ver. Je pousse un cri horrifié et tourne mon visage dans une autre direction.

- Ça ne va pas non ?
- Tu dois en avoir l'habitude, arrête de faire ta sainte nitouche.

Il veut me pousser à bout je le sais.

J'imagine déjà ma tête, je dois être rouge comme une betterave. D'instinct, je me couvre le visage avec mes deux mains. J'ai la malchance de rougir violemment lorsque je suis très embarrassée et c'est le cas en ce moment.

Jamais je n'ai vu un homme entièrement nu de toute ma vie. Oh, ce ne sont pas les tentations qui manquaient mais j'ai toujours eu un blocage psychologique à ce niveau. Je me suis fait larguer bien plus d'une fois à cause de ça.

Ma propre analyse m'emmène à croire que j'ai une sorte de traumatisme qui me pousse à ne pas pouvoir faire confiance à un homme au point de lui donner ma virginité.

Et pour cause ? Quand elle avait environ 25 ans, ma mère est tombée folle amoureuse de mon père. Ils s'étaient rencontrés à un concert de rock et ont commencé à se fréquenter.

Dès que maman est tombée enceinte, il l'a plaquée et lui a avoué qu'il était sur le point de se marier avec une autre femme. Il ne voulait pas s'encombrer avec ma mère et un bébé qu'il n'avait pas désiré. Jamais je ne l'ai connu. Maman et moi avons toujours vécu seules. Je ne fais confiance à aucun homme sur terre, aucun et je ne sais pas si j'y arriverai un jour.

Après d'interminables minutes, alors que je me demande encore s'il a finalement mis au moins un caleçon, je sens ses doigts sur mes poignets. Max écarte mes mains de mon visage. J'ouvre les yeux et me retrouve nez à nez avec lui. Il porte un short et est accroupi en face de moi. Il est un peu trop près et me regarde de manière inquisitive. Nous nous fixons droit dans les yeux l'espace d'un instant, puis son regard se fait plus tendre. Il avance sa main et caresse ma joue rougie du bout du doigt.

Encore ces fichus papillons dans le ventre !

Je mentirais si je disais avoir envie de le repousser. Max se penche vers mon visage. Instinctivement je ferme les yeux et mes lèvres s'entrouvrent légèrement. Je sens son souffle sur mon visage, je sens que ses lèvres sont à quelques millimètres des miennes. Comme une idiote, j'attends son baiser qui ne vient jamais, puis je finis par ouvrir les yeux. Ce crétin se redresse fièrement et les mains sur les hanches, commence à se moquer de moi.

- Tu croyais vraiment que je m'apprêtais à t'embrasser ?
- Quel abruti !

Enervée, je me lève et le pousse hors de mon chemin.

- Si tu me supplies, peut-être que je te ferai encore goûter à mes baisers que tu as l'air de si bien apprécier !

Il n'imagine pas à quel point j'ai envie de l'étriper ! Je préfère changer de sujet avant d'avoir envie de lui foutre un coup de genou bien placé.

- Tu me fais visiter Malibu oui ou non ?
- Okay okay, me dit-il en levant les yeux au ciel.

Misère ! Je me demande comment je vais faire pour tenir ne serait-ce qu'un mois à côté de ce crétin !

- Au fait, tu devrais éclaircir les choses avec ta mère.

Il m'interroge du regard, un sourcil levé.

- Elle me croit enceinte. Tu te rends compte ? C'est peut-être ce que pensent tous ceux qui étaient présents au mariage !

Une lueur amusée danse dans ses yeux.

- Et alors ?
- Et alors ? C'est tout ce que tu trouves à dire ? Je n'ai pas envie que les gens pensent qu'on couche ensemble.

Il lève les yeux au ciel et me regarde comme si j'étais une demeurée puis s'approche et pose ses deux mains sur chacune de mes épaules.

- Keysia, au cas où tu ne l'aurais pas encore compris, le monde entier pense qu'on couche ensemble. Nous sommes mariés, tu te souviens ? Mariés ! MA-RI et FE-MME ! Me répète-t-il comme à une enfant de 3 ans en détachant son bras de mon épaule pour agiter son alliance devant moi.

C'est vrai, quelle imbécile !

- Oui, j'avais oublié ce petit détail mais dans tous les cas je n'ai pas envie qu'on m'imagine me baladant avec ton ADN dans le ventre !

Cette fois, il est hilare.

- Sacrée Keysia, avec toi je suis sûr de ne jamais m'ennuyer.

Si cette situation l'amuse, moi je ne trouve pas ça drôle du tout.

- Qui sait, c'est peut-être prémonitoire ! Si ça se trouve, d'ici quelques mois tu seras… ajoute-t-il provocateur en haussant les épaules et en indexant mon ventre du doigt, un sourire malicieux sur les lèvres.

Si cet abruti me cherche, il va me trouver !

Je m'avance vers lui, prête à lui enfoncer mon genou là où je pense mais il se protège l'entrejambe avec les deux mains et s'enfuit. Je lui cours après mais il réussit à m'échapper alors je m'arrête à quelques mètres de lui essoufflée et pointe mon index dans sa direction.

- Ashford, si tu n'arrêtes pas avec tes blagues pourries, je te jure de t'étouffer dans ton sommeil !

S'il me prend pour une de ses conquêtes, autant qu'il redescende sur terre dès maintenant.

- C'est bon, c'est bon, j'arrête de t'embêter, me dit-il en levant les bras en l'air en signe de capitulation. Pour me faire pardonner, je t'emmène visiter Malibu.

Je me calme et nous finissons par aller visiter cette jolie ville qu'il me tardait tant de découvrir.

De nombreuses stars résident ou ont résidé ici. J'insiste pour qu'on fasse la fameuse tournée des maisons de stars de cinéma. Je suis tellement euphorique que Max se moque de moi. Je m'en fiche, je n'ai pas l'habitude de venir à Malibu et je compte bien en profiter.

On va ensuite jusqu'au Malibu Pier pour profiter d'un déjeuner bien mérité sur la célèbre jetée du Malibu Farm. Quand je vois la note à la fin du repas, je ne peux m'empêcher de pousser un cri de surprise. Ça coûte bien plus cher que mon salaire de deux journées réunies. Max me persuade que ce n'est pas un problème mais j'ai un peu de mal, moi qui suis habituée à faire minutieusement attention à mes dépenses.

L'après-midi, nous continuons à nous balader puis en fin de journée, nous nous asseyons sur la plage tout près de l'hôtel pour admirer un magnifique coucher de soleil.

- Merci Max, j'ai passé une excellente journée, lui dis-je avec un sourire reconnaissant.

Il a été un très bon guide et c'est un peu grâce à lui si cette journée a été aussi merveilleuse. Il n'est pas si désagréable que ça finalement.

- Je t'en prie. Le gérant de l'hôtel m'a dit qu'il y a une fête sur la plage dans quelques jours. Ça te dirait qu'on y soit?

Je suis enthousiaste.

- Oui avec plaisir.

Un silence s'installe.

 - On devrait essayer d'être amis, tu ne crois pas ?

Je n'en reviens pas, il baisse les armes ? Bon, OK pourquoi pas ? Après tout, nous serons bien obligés de collaborer tout au long des 364 prochains jours.

 - A une condition.
 - Laquelle ?
 - Que tu cesses de te balader nu devant moi.

Un sourire éclaire son visage et ses yeux bruns qui je ne peux le nier, sont très beaux.

 - Promis. En caleçon ça te va ?
 - C'est déjà mieux que rien.

Peut-être que ce mariage ne sera pas si pénible finalement, il devient coopératif.

∞ ∞ ∞

Les jours qui s'ensuivent, Max me fait visiter Los Angeles. On visite le fameux Hollywood Boulevard où je vois enfin le très célèbre Walk of Fame.

On fait ensuite tous les sites mémorables puis les attractions les plus délirantes de Disneyland Park.

Max et moi ne nous disputons plus. Il se tient bien et on devient presque amis mais gardons tout de même une certaine distance de sécurité. Les soirs, chacun reste bien de son côté du lit et le lendemain c'est reparti pour de nouvelles aventures. On se découvre énormément de points communs et je ne le trouve plus si crétin que ça !

Pour être honnête, j'ai passé les deux semaines les plus magiques. Ce soir c'est notre dernière nuit à Malibu. Il y a une fête sur la plage qui démarre au coucher du soleil. Comme d'habitude, j'emporte mes vêtements dans la douche pour m'y changer avant de revenir dans la chambre, ce sont les règles que nous nous sommes fixées, ou plutôt que j'ai imposées.

Pour la soirée, j'ai relevé mes cheveux en un chignon au sommet du crâne en laissant quelques mèches pendre. Je maquille mes yeux en essayant de les mettre un peu plus en valeur et ajoute une touche de rouge à lèvres rouge orangé. Je porte une robe décontractée jaune pâle courte, nouée au cou et cintrée à la taille.

Quand je sors de la douche, Max ne me quitte pas des yeux.

- Tu es très belle.

Son regard de braise et sa voix rauque me troublent l'espace d'un instant.

Il porte un bermuda blanc et un T-shirt bleu nuit qui lui va magnifiquement bien au teint et qui met bien en valeur les muscles de ses bras.

- Merci, tu n'es pas mal non plus.
- On peut changer les termes du contrat ?

Comprenant le sens de sa phrase, je lui lance un oreiller à la figure qu'il esquive.

On se rend à la soirée donnée par l'hôtel sur la plage. Je ne savais pas qu'il y avait autant de monde dans cet hôtel. Il est élaboré de sorte à créer un sentiment d'intimité au point où on en oublie le reste du monde.

Je n'ai pas revu Andrew et Izy depuis l'autre jour. J'aurais bien aimé leur dire au revoir alors je les cherche à travers la foule mais ne les vois nulle part. Dommage.

La soirée est très conviviale. Je ne mets pas longtemps avant de me fondre dans la masse et aller discuter avec d'autres personnes. Une heure plus tard, j'aperçois Andrew et Izy. Sans hésiter je me faufile pour aller les rejoindre.

Dès qu'elle me voit, Izy lâche la main de son père et se jette dans mes bras. Je m'abaisse pour la soulever. Je suis contente de les revoir.

- Keysia ? Ça alors, quelle surprise !
- Je vous croyais déjà partis.
- Idem, je ne t'ai plus revue depuis l'autre fois sur la plage.

Il s'avance pour me faire la bise. Je dépose Izy au sol et on s'avance vers le bar où je prends un Mojito. C'est mon deuxième de la soirée. Il faut que je pense à arrêter, j'ai la tête qui tourne légèrement. Je ne suis pas très résistante à l'alcool ! Mais ce soir, c'est notre dernière soirée à Malibu alors j'ai envie de m'amuser.

- Tu veux danser ? Me demande Andrew.

Je ne sais pas où est passé Max. Il était au téléphone et s'est éclipsé. J'aimerais bien danser.

- Je veux bien, mais Izy ?
- Oh ne t'inquiète pas. Donne-moi deux minutes.

Il chuchote à l'oreille de la fillette qui acquiesce et s'avance vers un couple avec qui il parle un moment en me montrant du doigt. La jeune femme à qui il parle acquiesce à son tour et prend la main de Izy. Je suis inquiète, je n'ai aucune idée de ce qui se passe. Il ne va quand même pas confier sa fille à des inconnus !

Quand Andrew revient vers moi, je l'interroge du regard.

- Izy est ma nièce. Ces deux personnes sont ses parents.
- Comment ça ?
- Ma sœur et son mari sont venus en vacances ici, je me suis retrouvé moi aussi ici un peu par hasard. C'est un peu long à raconter. Je garde alors Izy de temps à autre pour leur permettre de passer du temps ensemble.
- Mais alors pourquoi m'avoir dit que c'était ta fille ?

Andrew se gratte la tête un peu gêné puis hausse les épaules.

- Je ne l'ai pas dit directement, c'est toi qui l'a cru et j'ai joué le jeu. J'ai lu dans un article que les pères célibataires font sensation alors...

Je n'en reviens pas.

- Tu danses ou pas ?

Je décide de ne pas m'arrêter sur les détails. Cette histoire stupide me fait plutôt rigoler. Ce soir j'ai juste envie de m'amuser. J'avale mon Mojito d'un trait et suit Andrew sur la piste de danse. La musique est très entrainante.

Alors qu'on s'amuse comme des fous sur la piste, mes yeux tombent sur Max. Il me lance un regard assassin. Je tourne mon regard dans une autre direction. Même si j'ai l'impression de ressentir quelque chose pour lui, je ne suis pas sa propriété et ce mariage n'est qu'une comédie ! J'ai le droit de m'amuser comme bon me semble.

Je danse encore quand je sens deux bras forts m'immobiliser. Andrew cesse de danser. Max est juste derrière mon dos et me tient fermement contre lui de manière possessive.

- Bonsoir, je suis Max le mari de Keysia, dit-il en tendant la main à Andrew qui a l'air étonné.
- Oh ! le mari de Keysia... Moi c'est Andrew.

Andrew lui serre la main à son tour. Max le fixe droit dans les yeux comme pour lui faire passer un message. Quant à Andrew, je m'étonne qu'il n'ait pas compris que j'étais « mariée ». Bon je ne l'ai pas dit expressément mais l'alliance qui scintille à mon doigt est bien assez explicite non ?

- Veuillez nous excuser Andrew, ma femme et moi avons un voyage à faire demain. Nous partons nous coucher, la nuit risque d'être plutôt longue.

J'essaie de repousser Max à l'aide de mon coude mais il est plus fort que moi et me garde immobile. Andrew acquiesce et me lance un regard désolé.

- Au revoir Keysia.
- Au revoir Andrew, je suis…

Max ne me laisse pas le temps de terminer ma phrase et m'entraine vers la suite. Je fulmine contre lui et débite un lot d'insultes à son endroit alors qu'il me traîne presque. Il y a du monde sur la plage alors je décide de ne pas me donner en spectacle et je le suis.

Je suis vraiment en colère, j'ai envie de le tuer !

Dès que nous atteignons l'intérieur de la suite, ma rage explose.

- Non mais pour qui tu te prends ?
- Pour ton mari, me répond-il en se tenant bien droit devant moi l'air énervé.
- C'est quoi ces conneries ? Je ne te dois aucun compte. Allô ! Dis-je en agitant ma main droite devant ses yeux. Ce mariage n'en est pas un !
- Nous sommes quand même mariés que ça te plaise ou non et tu n'as pas à aller te trémousser sur une piste de danse avec je ne sais qui. Je n'ai pas envie de passer pour le cocu de service !
- Ça commence bien dis donc ! Et toi, combien de temps penses-tu pouvoir te tenir avant de sauter sur la première fille qui te tournera autour ?

Il marmonne je ne sais quoi et recule. Je comprends qu'il ne s'était même pas posé la question. Soudain prise d'audace, je m'avance vers lui, d'assez prêt pour sentir son souffle sur mon visage. Je crois que je suis légèrement pompette.

- C'était quand la dernière fois que tu as touché une femme ? Murmuré-je.

Son regard est profond et sombre. Je suis peut-être un peu éméchée, mais je ne me trompe pas, c'est du désir que je lis dans ses yeux.

Chapitre 7

Max

Keysia s'est avancée vers moi, d'un peu trop près. Elle joue à un jeu très dangereux.

Ça fait des jours que je lutte contre le désir terrible que j'ai pour elle. C'est une torture de m'endormir chaque soir sur le même lit qu'elle sans pouvoir la toucher. Pourtant j'ai su me tenir jusque-là, je n'ai plus eu aucun geste déplacé à son endroit depuis qu'on a décidé de devenir amis.

Ce soir quand je l'ai vue avec ce type, une intense jalousie m'a saisi les tripes. Elle avait l'air tellement détendue avec lui que ça m'a rendu fou. Le comble a été quand je l'ai vue se trémousser sur cette piste de danse avec lui qui la regardait de façon indécente.

Ça m'a mis en colère. Et maintenant cette colère est en train de céder la place à un désir que j'ai de plus en plus de mal à juguler.

 - C'était quand la dernière fois que tu as touché une femme ? Répète-t-elle avec un air encore plus provoquant que tout à l'heure.
 - Tu es sûre de vouloir savoir ?

Keysia ne dit rien mais me fixe avec audace. Mes yeux glissent jusqu'à ses lèvres entrouvertes et horriblement tentantes, puis reviennent s'arrimer aux siens. J'ai envie d'elle, terriblement envie de cette femme séduisante qui partage mon lit depuis quelques jours. Sans pouvoir me contrôler, je la soulève de terre. Elle entoure ma taille de ses deux jambes.

Quand nos lèvres se rejoignent, un frisson me parcourt l'épiderme. Je plonge ma langue dans le gouffre brulant de sa bouche et elle répond à mes baisers avec fureur. Je ne la pose pas sur le lit mais m'avance vers la table la plus proche qui heureusement est assez haute. Je balaie tout ce qui s'y trouve du revers de la main et la dépose dessus. Je crains de devenir fou si je ne lui fais pas l'amour ce soir.

Elle glisse ses mains sous mon T-shirt et me l'enlève. Ma bouche glisse vers son cou, ce cou que je rêve d'embrasser depuis l'instant où elle a passé le seuil de mon appartement il y a trois mois. Elle sent divinement bon.

- J'adore l'odeur de ta peau, lui susurré-je en un souffle à peine audible.

Elle répond par des gémissements de plaisir et enfonce ses doigts délicats dans mes cheveux. Je relève sa robe et alors que ma main se pose sur sa cuisse et s'avance plus loin en une caresse enfiévrée, elle se raidit et m'arrête.

- Je suis désolée, l'entends-je dire.

Je retire mes lèvres de son cou et viens planter mes yeux dans les siens. Elle a soudain l'air terrifiée. Je ne comprends pas. Elle a été plutôt entreprenante jusque-là.

- Tout va bien ?

Elle me repousse doucement et descend de la table.

- Je…je ne peux pas faire ça.

Je la regarde toujours d'un air interrogateur. Elle se tortille nerveusement les doigts. J'ai l'impression qu'elle a soudain peur de moi. Je m'avance vers elle, mais elle recule. Je ne saisis pas ce qui se passe.

- OK, je comprends que tu ne veuilles pas qu'on franchisse la limite qu'on s'est fixée, j'imagine que c'est pour ne pas compliquer les choses…
- Ce n'est pas ça.

Elle se tortille encore les doigts, ça doit être un tic nerveux chez elle.

- Quoi alors ? Ne me dis pas que tu as peur de moi ?

Je m'avance vers elle pour essayer de la rassurer mais elle lève la main pour me faire signe de m'arrêter.

- N'insiste pas, me dit-elle en évitant mon regard.

Je ne comprendrai jamais cette fille.

Frustré et dans l'incompréhension totale, je vais dans la salle de bain. Je me regarde dans le miroir. Je suis tendu.

Vivement qu'on quitte cet endroit et que cette promiscuité qui devient de plus en plus pesante prenne fin !

Je décide de prendre une douche bien froide pour calmer mes pulsions. Quand je reviens dans la chambre, Keysia s'est changée et est allongée de son côté du lit, face au mur. Je fais de même et éteins la lampe de chevet.

Dans la pénombre, plusieurs minutes passent.

- Max je suis désolée pour...
- Arrête Keysia, tu n'as pas à t'excuser.
- Je suis vierge.

Elle est...

- Quand j'étais enfant, je ne comprenais pas pourquoi je n'avais pas de père. Chaque fois que je lui posais la question, ma mère me disait qu'il était parti et qu'il reviendrait peut-être un jour. Je l'ai attendu des années, à Noël, à Thanksgiving, à mon anniversaire...

Elle soupire.

- Quand je suis devenue adolescente, ma mère m'a expliqué qu'en réalité il l'a quittée dès qu'il a appris sa grossesse. Il allait se marier avec une autre et ne voulait pas sacrifier ses projets pour un enfant qu'il n'avait pas désiré.
- Je suis désolé.

- Je ne l'ai jamais vu. Je ne sais même pas s'il est vivant ou mort. Le fait de savoir la vérité a altéré ma relation aux hommes. Je n'ai jamais pu franchir le pas avec qui que ce soit. J'ai toujours eu une peur bleue de m'abandonner avec confiance à un homme et d'être trahie comme ma mère l'a été.

Je peine à déglutir. Cette confession est bien au-delà de tout ce que je pouvais imaginer. Je connais Keysia depuis longtemps mais je ne savais rien de son histoire. Avec du recul, j'arrive à comprendre son habituelle méfiance et cette façon qu'elle a d'être constamment sur la défensive.

- Max, tu es là ?
- Je ne dors pas, je suis là.

Que dire ?

Je suis choqué par ses révélations et par le fait d'avoir été à deux doigts de lui prendre sa virginité surtout dans le cadre de ce mariage complètement faux qui n'est censé durer qu'un an. Je ne suis pas sûr d'être la personne avec qui elle doit passer ce cap.

- Je me suis toujours fait larguer parce que j'étais bloquée psychologiquement et que je...que je ne pouvais pas aller plus loin.
- Eh bien tous ces types sont des abrutis. Tu es une femme splendide et ils auraient dû prendre le temps de te connaître. Ils auraient compris que tu valais vraiment le coup d'attendre.

Je n'en reviens pas d'être en train de dire ça à Keysia...mais c'est vrai. Elle mérite bien mieux que des abrutis venus juste pour jouer avec elle.

- Merci.

Elle m'a l'air si fragile tout à coup que je n'ai qu'une seule envie, la protéger. A commencer par la protéger de moi-même. Je suis un homme blessé qui ne croit plus en l'amour et qui n'est sûr de rien. Il faut à tout prix que je reste loin d'elle.

- Je suis heureux que tu aies pu te confier à moi et je suis vraiment désolé pour ce qui s'est passé tout à l'heure. Je ferai en sorte que ça ne se reproduise plus.

Keysia ne dit rien. J'imagine qu'elle attend que je dise autre chose, mais je ne sais que dire.

- On devrait dormir maintenant, on a un avion à prendre demain. Bonne nuit Keysia.

Elle soupire à nouveau.

- Bonne nuit Max.

Je ferme les yeux et m'efforce de trouver le sommeil. Il vient lentement mais finit par m'emporter.

Chapitre 8

Keysia

J'étais sur le point de m'abandonner entre les bras de Max. Je n'ai jamais eu autant envie de personne. Pourtant sur le coup, j'ai encore fait un blocage dans ma tête. Mais c'est étrange comme le fait de m'être confiée à lui me rend aussi légère. Avec lui, je me sens en sécurité.

Nous avons passé deux semaines à dormir sur le même lit. Il n'a jamais eu le moindre geste déplacé à mon endroit depuis que nous avons décidé de devenir amis.

Il a été très prévenant et respectueux à mon égard. Je crois que je commence vraiment à ressentir des choses pour lui. Je ne sais pas comment c'est arrivé. Les choses que je lui ai dites, je ne les ai jamais avouées à personne.

Le contact de sa peau me manque déjà. Je me retourne dans sa direction. Il dort, j'entends le bruit régulier de sa respiration. Il a dit que ce qui s'est passé entre nous ne se reproduira plus. Ce qui veut dire que si je ne tente rien, il ne me touchera plus. Je sais qu'il fera ce qu'il a dit.

Je décide de franchir la distance qu'il y a entre nous sur le lit et me rapproche de lui. Je sens que le moment est venu. Je n'ai aucune expérience mais il faut que je prenne les devants.

Je fais glisser ma main sous son haut et caresse délicatement son dos. Il ne réagit pas tout de suite puis j'entends un grognement qui se transforme peu à peu en un gémissement de plaisir. Je me redresse sur le coude et m'avance vers son cou. Je lui lèche l'oreille et la titille entre mes dents.

- Arrête Keysia, ce n'est pas une bonne idée.

Je ne l'écoute pas et commence à onduler tout doucement du bassin contre son dos. J'avance ma main vers sa hanche puis plus bas. Quand je sens la proéminence qui marque sa virilité, un sourire éclaire mon visage. Je lui fais de l'effet c'est sûr. Je continue à le caresser. Max se lève brusquement et me laisse sur le lit.

- A quoi tu joues ?

Il me détaille comme si j'avais perdu la tête.

- Je ne joue pas, j'ai envie de toi.

Il se passe nerveusement les mains dans les cheveux et se détourne de moi.

- Tu sais comme moi que dans un an chacun de nous continuera sa vie dans son coin. C'est sûrement une très mauvaise idée de faire ça.

Audacieuse et mue par je ne sais quelle énergie, je le suis, me hisse sur la pointe des pieds et presse mes lèvres contre les siennes. Il me repousse doucement.

- Tu n'es pas obligée de faire ça. Je ne suis pas la personne qui...enfin bon sang Keysia, tu viens toi-même de dire que tu n'avais pas suffisamment confiance en qui que ce soit pour...

Je l'interromps.

- J'ai confiance en toi Max, dis-je en le regardant droit dans les yeux, les mains posées sur son torse.

Il a l'air surpris et déboussolé l'espace de quelques secondes. Puis cette lueur qui anime ses yeux depuis quelques jours réapparaît, plus intense. Sa main s'avance vers ma joue.

- Je ne peux rien te promettre, murmure-t-il en caressant ma joue avec une tendresse qui aiguise davantage mes sens.
- Je ne te demande rien.
- Ça risque de tout compliquer...

- Sans engagement, ajouté-je en soutenant son regard de braise.

Après d'interminables minutes, il m'enlace et m'embrasse passionnément. Nous reprenons là où nous nous étions arrêtés. Je me laisse entrainer par ce baiser qui me semble soudain différent de tout ce que nous avons partagé jusque-là.

Cette fois, notre étreinte est puissante et sincère. Il n'y a plus de zone obscure entre nous, chacun sait à quoi il s'engage. Je risque d'y laisser mon cœur mais je n'ai pas le temps de réfléchir.

Ses caresses et ses baisers embrasent ma peau. Jamais aucun homme ne m'a fait vibrer de la sorte, j'en tremble presque.

Max me soulève et me dépose délicatement sur le lit. Il prend ensuite son temps et s'applique à faire frémir chaque partie de mon corps.

- Tu es sublime, murmure-t-il tout contre ma peau. Ton corps me rend fou.

Quand je croise à nouveau son regard brûlant et rassurant, je suis persuadée de ne pas m'être trompée, c'est le bon.

Un peu plus tard, frémissant encore sous l'effet de ses baisers et de ses caresses enivrantes, je me cambre pour l'accueillir. Il allie à la perfection tendresse et passion, me rendant complètement folle. Je manque de m'évanouir entre ses bras, submergée par le plaisir.

∞ ∞ ∞

Les premiers rayons du soleil éclairent légèrement la chambre.

L'alarme sonne. J'ai du mal à ouvrir les yeux. Max tâte la table de nuit à l'aveugle jusqu'à ce qu'il réussisse à l'arrêter.

Il dépose un baiser sur mes cheveux qui me force à ouvrir les yeux. Je lève la tête de son torse et ancre mon regard au sien. Le sourire tendre qui éclaire son visage et ses magnifiques yeux ravive les souvenirs de la nuit dernière.

Je souris à mon tour. On a fait l'amour pratiquement toute la nuit encore et encore jusqu'à être épuisés. Nos corps ont fusionné comme s'ils avaient été conçus l'un pour l'autre.

Je me suis moi-même étonnée tant j'ai été entreprenante, effrayée à l'idée que mon manque d'expérience ne le freine.

- Bonjour Madame Ashford.

C'est la première fois qu'il m'appelle comme ça. Sa voix est rauque et envoûtante. Comment ai-je pu me tenir loin de cet homme aussi longtemps ?

Une chose est sure, notre relation ne sera plus du tout la même.

- Bonjour.

Ses doigts s'enfoncent dans mes cheveux et rapprochent mon visage du sien. Nos lèvres se rejoignent et tous mes sens s'affolent à nouveau. Quand elles se détachent, mon corps vibre encore de ce baiser brulant.

- Merci.

Max fronce les sourcils.

- Merci pourquoi ?
- Pour avoir été aussi délicat avec moi la première fois.
- Tu n'as pas à me dire merci. Ça n'a pas été douloureux ? J'avais peur de te faire mal.

Je secoue la tête de droite à gauche pour lui faire signe que non. Il a l'air rassuré et caresse mon visage avec douceur.

Soudain, cette proximité inattendue entre nous m'effraie. Son regard pénétrant semble percevoir la subtile inquiétude qui me traverse.

- Tu as l'air préoccupée, remarque-t-il.

C'est vrai qu'on a passé une nuit exceptionnelle mais je me demande maintenant ce qu'il va advenir de nous deux. Dans quelques heures nous retournerons à Chicago dans notre quotidien et aucun de nous deux ne s'est préparé à un tel bouleversement.

- Tout ceci ne faisait pas partie des termes du contrat...
- A qui la faute ? Me lance-t-il un sourire taquin au bout des lèvres.

Mes joues rosissent.

- Tu n'avais pas l'air mécontent quand tu grognais de plaisir cette nuit, dis-je faussement vexée.
- C'est vrai. J'ai passé une nuit inoubliable.

Son regard pénétrant est toujours ancré au mien et me trouble. Nous ne sommes qu'à deux semaines après le mariage et les sentiments que je commence à ressentir pour mon mari temporaire me font peur. Qu'en sera-t-il d'ici quelques mois ?

Je décide de ne pas m'éterniser sur cette question à laquelle je n'ai aucune réponse pour l'instant et change vite de sujet.

- J'ai faim.
- Moi aussi !

Max appelle la réception pour demander que le petit déjeuner nous soit apporté. Nous mangeons et nous apprêtons pour le départ. Je rechigne à plier bagages mais il réussit à me convaincre que nous reviendrons très certainement à Malibu.

Le vol retour vers Chicago se passe sans accroc mais j'ai l'estomac noué. Je suis anxieuse à l'idée que la vie commune soit bien plus complexe que je ne l'aurais imaginée. Vivre avec lui en gardant mes distances et en protégeant mon cœur ? C'est sûrement ce que je devrais faire. Pourtant, quand je le regarde, je me rends compte que je n'ai aucune envie qu'il s'éloigne de moi.

Chapitre 9

Max

Bien que Chicago soit une énorme métropole très industrielle, on ne s'y sent absolument pas étouffé. J'adore ses nombreux parcs et la vue quotidienne sur le Lac Michigan qui offre un cadre de vie apaisant. Mon appartement est situé à Lincoln Park, le géant vert comme j'aime l'appeler. Je ne me lasse pas de ses espaces verts à perte de vue.

J'ouvre la porte de l'appartement.

- Bienvenue chez vous Madame Ashford, dis-je en m'effaçant pour laisser Keysia entrer.

Avant notre départ à Malibu, j'ai organisé son déménagement et toutes ses affaires ont été portées ici. J'ai aussi retouché la décoration que je trouvais sans âme afin de rendre l'espace plus chaleureux.

- Il est différent de la dernière fois, remarque-t-elle.
- Oui, je le trouvais un peu sans âme.

Mon regard se voile. Cet appartement, je l'avais acheté lorsque j'étais fiancé à Emy. On avait prévu le décorer ensemble. Je me demande encore aujourd'hui comment les choses ont pu dégénérer à ce point. Elle comptait vraiment pour moi. Je ne l'ai plus revue depuis ce jour qui aurait dû être le jour de notre mariage. J'espère ne plus jamais la revoir.

Alors que j'aide Keysia à s'installer et que je m'apprête à déposer ses affaires dans ma chambre, elle me retient par le bras.

- On était censés faire chambre à part.

Je la regarde comme si elle venait de dire la pire des inepties.

- Après tout ce qui s'est passé entre nous ?

Elle lève les yeux au ciel.

- Ce qui se passe à Malibu reste à Malibu, me contre-t-elle sur un ton pince-sans-rire.
- Tu ne parles pas sérieusement ?
- Pourquoi pas ?

Je m'avance vers elle en ne détachant pas mon regard du sien.

- Je n'étais donc qu'un coup d'un soir ? La questionné-je d'un air tout aussi sérieux, les lèvres à proximité des siennes.

Elle semble embarrassée et s'éloigne de moi.

- Ne dis pas n'importe quoi.
- Je ne dis pas n'importe quoi, tu me traites comme un coup d'un soir.
- C'est mieux comme ça Max. Si on partage la même chambre, les choses seront ambiguës…
- Parce que tu trouves qu'elles ne le sont pas déjà ? On était censés faire un mariage blanc mais on vient de passer toute une nuit à faire l'amour.

Keysia rougit violemment. Pourquoi cette réserve soudaine alors qu'hier elle était aussi déchainée qu'une lionne affamée ? Je m'approche d'elle et prend son visage entre mes deux mains. En l'espace de quelques semaines, elle semble s'être métamorphosée. Elle n'est plus à mes yeux la gamine insolente et insupportable que je pensais connaître, mais plus je la découvre et plus je me rends compte à quel point elle est sensible et a besoin d'être rassurée.

- J'ai adoré faire l'amour avec toi, j'ai adoré embrasser chaque centimètre de ta peau. Maintenant qu'on a été aussi intimes, je ne pense pas pouvoir me tenir sagement dans la chambre d'à côté.

Je l'embrasse tendrement. Elle ne me repousse pas. Mon baiser se fait plus profond, puis je me détache doucement et conduis ses affaires dans notre chambre sans attendre sa réponse. Keysia capitule et commence à ranger ses affaires mais toujours avec un peu d'hésitation.

- Tu n'as pas à te sentir gênée, dis-je en lui embrassant les cheveux, tu es ma femme et tu es ici chez toi.

Quand elle lève les yeux vers moi, j'y perçois une fragilité qui me trouble.

« *J'ai confiance en toi Max.* »

Ses mots de la nuit dernière résonnent en moi tout à coup. Elle a eu confiance en moi au point de faire de moi son premier amant, de se donner à moi sans retenue.

L'appréhension qu'elle semble essayer de dompter me contamine même si je parviens à masquer mon trouble. J'ai soudain peur de ce qui pourrait se passer, j'ai peur de la décevoir, peur de lui faire du mal. Je devrais m'éloigner d'elle, mettre de la distance entre nous. Pourtant je n'en ai ni la force, ni la volonté. Elle m'attire bien plus que je ne veux me l'avouer.

Je finis par me convaincre qu'elle est suffisamment prudente pour ne pas tomber amoureuse de moi. Il vaudrait mieux que ça n'arrive pas, mon cœur n'est pas prêt pour l'amour. Tout ce que je peux lui offrir, c'est mon affection.

- Tout ira bien, je te le promets, lui dis-je.
- A quel sujet ?
- Je sais que tu es troublée par la tournure de notre relation.

Son regard devient fuyant.

- Et tu vas me dire que je ne peux m'en prendre qu'à moi-même, c'est ça ?
- Non.

Mes mains entourent son visage, la forçant à me regarder dans les yeux.

- Ce qui s'est passé la nuit dernière, on l'a voulu tous les deux. Pour ma part, je ne regrette absolument rien et comme je te l'ai dit, tout ira bien.

Je ne sais pas si c'est Keysia ou si c'est moi que j'essaie de convaincre.

- Comment peux-tu en être aussi sûr ?
- Tu as peur de tomber amoureuse de moi, c'est ça ?

J'appréhende sa réponse mais souris quand une expression ironique se dessine sur son visage.

- Tu te crois toujours irrésistible, n'est-ce pas ?

Je soupire, soulagé que l'atmosphère se soit soudain détendue.

- Tu as encore des doutes à ce sujet ? Tu veux une démonstration ?

Keysia lève les yeux au ciel et repousse mon visage de sa paume avant de s'éloigner. Je la rattrape, la ramène contre moi et plaque mes lèvres contre les siennes. Un râle de plaisir s'échappe de sa gorge tandis que ma langue brulante taquine la sienne. Elle enroule ses bras autour de mon cou et de longues minutes passent avant que nous parvenions à détacher nos lèvres. Elle pose son front contre le mien.

Je ne peux pas lui promettre de l'aimer mais je suis sûr d'une chose.

- Je te promets de toujours prendre soin de toi Keysia.

Elle m'adresse un sourire qui me fait fondre.

Chapitre 10

Keysia

4 mois sont passés depuis que Max et moi avons emménagé ensemble. Quand nous sommes revenus de Malibu, le retour à la vie de Chicago m'avait fait l'effet d'un électrochoc. J'ai eu peur, peur de cette nouvelle vie, peur du lendemain avec lui.

C'était plus facile de m'imaginer dans un mariage blanc, sans intimité. Partager sa vie, son lit, son nom, tout ceci m'a fait peur. C'était plus facile d'agir avec insouciance là-bas à Malibu dans cette parenthèse idyllique loin du quotidien. A Chicago tout a soudain eu l'air plus réel. Il a cependant su me rassurer. Voilà maintenant plusieurs mois que nous partageons notre quotidien.

Max a pu toucher la première partie de l'héritage laissé par son grand-père. Il a pu injecter les fonds nécessaires dans Ashford Industry et relancer l'entreprise. Il est souvent absent et me manque à mourir comme aujourd'hui.

J'ai eu du mal à me l'avouer mais je me suis attachée à lui. L'idée que je m'étais faite de lui était totalement erronée. Max est doux et adorable. Ma mère l'aime beaucoup. Nous allons la voir régulièrement. Son état s'est nettement amélioré. Les médecins sont très optimistes.

Je pousse un soupir en regardant l'horloge. Vivement demain, Max doit rentrer de voyage. Il me manque terriblement. Je me demande si je réussirai à me détacher de lui quand tout ceci sera fini. Nous n'en parlons jamais et vivons au jour le jour en profitant des moments ensemble. On ne parle jamais de demain, jamais du moment où il nous faudra lancer la procédure de divorce et reprendre chacun sa vie.

Mes cours à l'université commencent dans 2 semaines. J'ai hâte de démarrer. Je me suis réinscrite en faculté de droit. Il me reste un an à terminer avant de pouvoir passer l'examen du barreau. Mon rêve est de devenir avocate et je compte bien y arriver. J'avance vers mon objectif à pas d'escargot si on compte toutes ces fois où j'ai dû stopper mes cours pour enchainer les petits boulots. Mais j'y arriverai c'est sûr.

Un coup de sonnette me fait sursauter. Je n'attends personne et il fait tard. Ça ne peut pas être Max, il a ses clés et n'aurait pas sonné.

La silhouette que j'aperçois dans le judas m'est inconnue. J'hésite puis finis par ouvrir. Une magnifique jeune femme d'environ 1m75 et brune se tient devant moi. Elle a l'air surprise.

- Oh ! Bonsoir, me dit-elle.
- Bonsoir.

Son regard se glisse derrière moi, elle regarde l'intérieur de la maison comme si elle cherchait quelqu'un.

- Je peux vous aider ?
- Max n'est pas là ?
- Non, il est absent mais je suis sa femme et je peux lui transmettre votre message.

Etonnée, l'inconnue me détaille.

- Sa...femme ?

Je ne lui réponds pas, je ne pense pas avoir besoin de me répéter.

- Dites-lui juste qu'Emy est passée.

J'acquiesce. Elle me souhaite une bonne soirée et tourne les talons. Qui peut bien être cette femme pour passer rendre visite à Max à une heure pareille ? La question me trotte dans la tête puis je passe à autre chose.

Il fait tard et je décide d'aller me coucher. Je meurs d'envie d'entendre la voix de mon mari mais il est à Pékin en ce moment, probablement en réunion si je calcule l'heure locale. Il vaut mieux ne pas le déranger.

J'ai un peu de mal à m'endormir puis finis par trouver le sommeil. Plus tard dans la nuit, une chaleur et un parfum familier me sortent de mon sommeil.

- Max..., murmuré-je encore à demi-endormie.

Son corps se blottit contre mon dos et ses jambes s'enroulent autour des miennes.

- Je ne rêve pas, tu es rentré !
- Tu m'as manqué, me susurre-t-il en embrassant mon épaule puis mon cou.

Je me retourne dans le lit pour pouvoir lui faire face. Il me prend dans ses bras.

- Tu ne devais pas rentrer demain ?
- Un de mes rendez-vous a été annulé et j'ai préféré rentrer plus tôt. Ma femme me manquait.

Il porte mes doigts à ses lèvres et embrasse chacun d'eux. J'ai des papillons dans le ventre et mon cœur bat la chamade comme celui d'une adolescente qui va à son premier rendez-vous amoureux.

Son sourire me fait fondre. Je ne peux plus le nier longtemps, mon cœur bat pour lui. Je suis tombée amoureuse de mon mari temporaire.

- Tout s'est bien passé là-bas ? Raconte-moi.

Max répond non de la tête.

- Ça n'a pas été ?

Il sourit tendrement.

- Tout s'est bien passé mais je te raconterai les détails demain, pour l'instant j'ai juste envie de toi.

Son regard ressemble soudain à des braises ardentes. Il me fait basculer au milieu du lit, me déshabille et me fait l'amour avec une passion qui me rend folle.

Hier nuit, je n'ai pas eu le temps de dire à Max qu'il avait reçu de la visite. Après avoir fait l'amour, nous nous sommes endormis quasiment en même temps. Je lui en parlerai ce matin. Je nous prépare un bon petit déjeuner.

- Maudit décalage horaire ! Peste-t-il.

Je lève les yeux du journal.

- Tu es déjà debout ? Je suis sortie tout doucement du lit, j'ai pensé que tu avais besoin d'un peu plus de sommeil.

Il porte une robe de chambre et a les cheveux en bataille. Il a la tête dans le pâté mais a une moue tellement adorable que je ne peux réprimer un sourire.

Il m'embrasse et son baiser est si doux que j'ai du mal à le lâcher. Je m'agrippe au col de sa robe de chambre. Max me soulève et me pose sur la table de la salle à manger.

- Je ne suis pas sûre de pouvoir finir de préparer le petit-déjeuner d'ici.
- Je n'ai faim que de toi, tu me suffis largement.
- C'est vrai ça ? Dis-je en lui embrassant le bout du nez.
- Tu as besoin d'une démonstration ?

Je fais glisser mes doigts dans ses cheveux pour les discipliner et lui embrasse le front. Je glisse de la table et arrive à lui échapper mais il me retient par la hanche, me ramène vers lui, plaque mon dos contre son torse et m'enlace.

- J'ai de plus en plus de mal à rester loin de toi Keysia, murmure-t-il près de mon oreille. Est-ce que tu le sais ?

Cette confession gonfle mon cœur d'espoir. Et si mes sentiments étaient partagés ? Pourtant je ne peux me bercer d'illusions. Max me désire, je n'ai aucun doute à ce sujet. La raideur que je sens au bas de mon dos tandis que je suis blottie contre lui en témoigne.

Mais peut-on fonder une relation sur un désir charnel ? Je suis peut-être moins expérimentée que lui mais pas naïve. Dans environ 8 mois, tout s'arrêtera. Je ne peux pas effacer ce que je ressens pour lui d'un coup de baguette magique mais il faut que je protège mon cœur en n'espérant rien de notre relation que ce qu'il voudra bien me donner au jour le jour.

- Tu m'as manqué toi aussi.
- Enfin.

Il me retourne face à lui.

- Enfin ? Demandé-je.
- Je me demandais quand tu avouerais enfin que je te manque quand je ne suis pas là.
- Je jurerais te l'avoir déjà dit !
- Pas du tout, ajoute-t-il d'un air faussement vexé.
- Alors, dis-je en tenant son visage entre mes deux mains, Max Ashford, tu m'as manqué et tu me manques terriblement chaque fois que tu n'es pas là.
- Ça fait du bien de l'entendre, me répond-il en posant son front contre le mien.
- Est-ce qu'on peut manger maintenant ?

Max me relâche et je termine de préparer le petit-déjeuner. Nous nous attablons et mangeons tranquillement pendant qu'il me raconte en détail son voyage. Il me promet de m'emmener visiter Pékin dès que l'occasion se présentera.

- Et pour toi, comment s'est passée la semaine ?
- Une semaine ordinaire. J'ai hâte de commencer les cours.
- J'imagine.

Pendant qu'il débarrasse et fait la vaisselle, je me souviens de l'inconnue qui est venue à la maison.

- Une jeune femme est passée hier soir, elle demandait à te voir.
- Ah oui ? Me lance-t-il de dos, occupé avec la vaisselle.
- Je lui ai demandé si elle voulait te laisser un message mais elle m'a uniquement dit de te dire qu'elle s'appelle Emy.

Le mug en porcelaine que tenait Max lui échappe des doigts et le bruit qu'il fait sur le sol me fait sursauter. Il pousse un juron et se met à en ramasser les morceaux.

Quand il a fini de les jeter dans la poubelle, je l'interroge.

- C'est une amie ?

Il ne répond rien tout de suite mais je le sens extrêmement tendu. Qui est cette fille pour que rien que son prénom suffise à le déstabiliser de la sorte ?

- Mon ex.

Je ne sais pas pourquoi mais mon cœur fait un bond dans ma poitrine.

Comme je ne dis rien, Max poursuit.

- Nous allions nous marier il y a 3 ans, mais elle m'a trompé avec mon cousin et le mariage a été annulé.
- Oh !

Je comprends mieux. C'est vrai que les cinq dernières années nous ne nous sommes pas souvent vues Glenn et moi, mais je suis étonnée qu'elle ne m'en ait jamais parlé.

- Je suis vraiment désolée.
- Tu n'as pas à l'être. Elle n'en valait pas la peine.

Son ton est froid. Une question me brûle les lèvres. Est-ce qu'il l'aime encore ?

- Tu l'aimes toujours ?

Sa réponse ne vient pas tout de suite et mon cœur tambourine dans ma poitrine.

- Non, me-répond-il d'un ton que je ne trouve absolument pas convainquant.

Alors qu'il lève les yeux vers moi, je constate que son regard a changé, il semble plus distant. C'est sûr, il est toujours amoureux d'elle.

Chapitre 11

Max

Je suis assis à mon bureau et réfléchis.

Qu'est-ce que Emy est venue faire chez moi ? J'espère qu'elle ne reviendra plus jamais. J'appréhende depuis toujours le jour où je reverrai cette... Les mots pour la qualifier m'échappent.

Je me suis toujours demandé ce que je ressentirais si je la revoyais. De la haine et l'envie de l'étriper probablement.

Je me demande ce que Keysia a pensé de toute cette histoire. Je la trouve distante depuis le jour où je lui ai dit qui était Emy. Est-ce qu'elle est jalouse ? Ce soir je vais clarifier les choses.

C'est son premier jour à l'université aujourd'hui. J'espère que tout se passe bien pour elle. J'ai prévu passer la chercher en fin de journée.

Notre relation a énormément évolué. Nous sommes plus proches et avons tout d'un vrai couple, à ceci près que le nôtre s'arrêtera dans quelques mois et que chacun de nous retournera vivre sa petite vie. C'est vrai que j'ai désormais du mal à imaginer mes journées sans Keysia mais je suis loin de vouloir m'engager pour toujours.

Je ne pense pas que ce soit son cas non plus car elle garde bien ses distances. Même si elle s'abandonne avec passion entre mes bras, je doute qu'elle soit enthousiasmée par l'idée de rester mariée avec moi après le délai d'un an prévu. Elle est presque tout le temps sur la réserve. Peut-être qu'elle souhaite éviter qu'on se projette dans la relation ? De mon côté, même si je commence à m'attacher à elle, je souhaite toujours qu'on s'en tienne au contrat de départ.

Je n'ai plus du tout envie d'avoir le cœur brisé alors j'essaie seulement de profiter de tous les moments que la vie nous offre ensemble en essayant de ne pas trop en demander.

Nate se fout toujours de moi. Pour lui, je suis le dernier des imbéciles et le type le moins réaliste de la terre. Il est persuadé que Keysia finira par tomber amoureuse de moi. Je n'en sais rien, je préfère ne pas trop y penser. J'espère seulement qu'à la fin de notre mariage, aucun de nous n'aura le cœur brisé.

Je finis de m'occuper des dossiers en cours et me rend devant l'université où ma femme est inscrite. On ira à la maison se changer puis je l'emmènerai dîner.

Je lui envoie un texto pour lui dire que je l'attends.

Quelques minutes plus tard, un sourire éclaire mon visage quand je la vois sortir. Ce sourire se fane bien vite quand je reconnais la personne avec qui elle est en pleine discussion.

 - Encore lui ?

C'est à croire que ce Andrew la suit partout. Mon sang commence à bouillir. Il fait la bise à Keysia qui vient ensuite monter dans la voiture.

 - Salut Max, lance-t-elle en m'embrassant furtivement sur les lèvres, tu ne devineras jamais qui je viens de croiser ici !

 - Encore ce Andrew ! Il te suit ou quoi ?

Elle lève les yeux au ciel.

 - Andrew est mon ami, tu devrais au moins faire semblant de l'apprécier. Et non il ne me suit pas, il donne des cours dans cette université. Drôle de hasard non ?

Je ne réponds rien et démarre. Et oui, je crois bien que je suis jaloux mais j'essaie de faire bonne figure et lui demande comment s'est passée sa première journée. Elle me la raconte avec beaucoup d'enthousiasme. Je suis content pour elle.

Nous passons à la maison prendre une douche et nous changer chacun. Ce soir je l'emmène dîner dans un restaurant original situé au 95ᵉᵐᵉ étage d'un immense gratte-ciel situé au nord de la ville.

Quand elle sort de la chambre, mon souffle se coupe. Elle est magnifique. La robe rouge qu'elle porte épouse à la perfection ses formes. Ses cheveux sont bouclés et ramenés d'un côté laissant nue son épaule délicate.

Mes yeux ne la quittent pas jusqu'à ce qu'elle arrive devant moi et glisse ses doigts entre les miens. Je suis tellement sous le charme que je ne peux m'empêcher de lui dire à quel point elle est magnifique. Elle a l'air aussi ravie que moi. Ce soir nous fêtons son retour à l'université.

Plus tard quand nous pénétrons dans le restaurant, je me demande si le choix est opportun, mais Keysia a l'air d'apprécier. L'ambiance y est plutôt sentimentale. Les lumières sont tamisées et la vue sur la ville de Chicago et le lac Michigan est magnifique.

J'ai réservé la table avec la meilleure vue. Nous nous y asseyons.

- Ce restaurant est à couper le souffle, la vue est magnifique, s'exclame Keysia admirative.
- C'est vrai. Mais je le trouve un peu trop…
- Sentimental ?

J'acquiesce. Elle n'a pas l'air d'apprécier ma remarque mais ne s'en formalise pas.

Elle commande une assiette de crevettes géantes et moi un filet de bœuf grillé. Nous trinquons ensuite.

- A ta reprise des cours !
- A la reprise !

On essaie tous les deux de faire bonne figure mais j'ai le sentiment qu'il y a un malaise persistant depuis que mon ex est passée à la maison. Je décide de crever l'abcès.

- Emy et moi c'est fini tu sais.

Elle a l'air surprise que j'aborde le sujet.

- Tu n'as pas d'explication à me donner. On sait tous les deux que tout ceci n'est que temporaire.

- Je sais, mais je tenais simplement à ce que les choses soient claires.

Elle a l'air déçue que je ne l'aie pas contredite sur le caractère temporaire de notre relation et semble contrariée tout à coup.

- Je ne sais plus vraiment où on en est tous les deux.
- Qu'est-ce que tu veux dire ?

Je relève son visage à l'aide de mon index et mon pouce pour la pousser à me regarder dans les yeux.

- Tout ceci commence à devenir un peu trop complexe Max.
- Complexe pour qui ?
- Arrête de faire semblant, tu sais très bien où je veux en venir. Tu agis avec moi comme si tu étais...comme si nous étions dans un vrai mariage alors qu'on sait tous les deux que ce n'en est pas un.

Je n'ai pas l'impression d'être allé plus loin que ce qu'elle a elle-même permis.

- Sois plus explicite.
- Je n'en sais rien, tout ceci me perturbe.
- Ça te perturbe qu'on partage des moments intimes ?
- Ce n'est pas que ça...

Elle se tortille nerveusement les doigts comme à chaque fois qu'elle est troublée.

- Keysia, chacun de nous savait bien à quoi il s'engageait en franchissant la limite. Pour moi en tout cas il n'y a rien d'ambigu.
- Ah oui, et pour toi on est quoi finalement ? Deux amis, mariés de surcroît, qui ne font que passer du bon temps ensemble ?

Je n'en reviens pas qu'on soit en train d'avoir cette discussion. J'ai l'impression qu'elle m'accuse d'être allé trop loin dans notre relation alors qu'il faut être deux pour faire ces choses-là.

- « *Je ne te demande rien, sans engagement Max...* » tu t'en souviens ou pas ?

Cette fois j'ai l'impression de l'avoir blessée. Pourtant je ne fais que lui rappeler cette nuit où je refusais de coucher avec elle pour éviter que les choses ne deviennent trop compliquées entre nous. C'est elle qui a insisté, l'air sure de pouvoir gérer ses sentiments.

Son regard se voile et elle détourne ses yeux vers la vue sur le lac.

Je prends sa main dans la mienne mais elle la retire.

 - C'est vrai que tu ne m'as rien promis, murmure-t-elle le regard perdu dans le vide.
 - Keysia...
 - Non Max tout va bien ne t'inquiète pas, ajoute-t-elle avec un sourire forcé.

Le reste du repas se déroule quasiment en silence, de même que le trajet retour vers la maison. Ma femme ne dit plus rien et ne me répond que par monosyllabes.

J'essaierai désormais d'être plus prudent. Ma position n'a pas changé, je ne veux plus avoir le cœur brisé en m'engageant corps et âme dans une relation. J'ai de l'affection pour Keysia et une attirance que je ne peux nier mais je refuse que mon cœur s'engage plus loin que ça, j'ai trop souffert des blessures du passé.

Quant à elle, je doute qu'elle soit amoureuse de moi. J'ai été son premier amant et je reconnais être un peu trop attentionné car j'ai ce constant besoin de la protéger. Je comprends que ça puisse prêter à confusion. Elle s'est juste attachée à moi, je n'appelle pas ça de l'amour.

Je ne suis pas à même de lui offrir ce qu'elle mérite alors je décide de mettre un peu de distance entre nous. Mieux vaut prévenir que guérir, ça sera mieux pour tous les deux.

Sur le chemin du retour, le silence devient trop pesant. Je me tourne dans sa direction et tente de prendre ses doigts entre les miens.

 - Max, attention ! Hurle Keysia en regardant la route, une expression de terreur sur le visage.

Un véhicule venant dans le mauvais sens et dont les phares m'aveuglent, nous percute de plein fouet.

Chapitre 12

Keysia

Un râle de douleur s'échappe de ma gorge. Mes yeux peinent à s'ouvrir. Lorsque le bruit des sirènes se fait plus net dans mes oreilles, je prends tout à coup conscience de ce qui vient de se passer. Un horrible sentiment s'empare de moi. Je vois des visages que je ne connais pas, des pompiers semble-t-il.

- Mon… mar…, essayé-je de parler.

Personne ne me répond. Mes yeux se referment.

Je me réveille dans une chambre, une personne se tient à mon chevet. Lorsque je vois le stéthoscope accroché à son cou, je comprends que je suis à l'hôpital. J'ai mal partout. Le pire c'est que j'ai l'impression que ma tête va exploser.

- Bonjour.
- Bonjour Keysia, je suis le docteur Dawson. Est-ce que vous vous souvenez de ce qui s'est passé ? Comment vous sentez vous ?

L'espace d'un instant c'est le vide total, puis tout me revient. Le dîner avec Max, notre discussion, l'accident.

- Mon mari, comment va-t-il ?

Le médecin prend une expression qui se veut rassurante.

- Il subit en ce moment même une opération.

Mes yeux s'emplissent de larmes.

- Est-ce qu'il va s'en sortir ?
- Je suis optimiste. Il a quelques fractures et un choc à la hanche mais on s'occupe de lui.

Mon Dieu, faites qu'il s'en sorte !

Le médecin m'examine puis des infirmières passent s'occuper de moi. J'ai la jambe fracturée et il m'est impossible de marcher. J'ai subi moi aussi une opération mais elle a été moins complexe que celle de Max d'après ce qu'on m'a dit.

L'infirmière me prévient que c'est l'heure des visites et qu'il y a du monde en salle d'attente qui souhaite me voir si je le veux.

J'en ai besoin plus que jamais. J'ai tellement peur. Et si Max ne s'en sortait pas ?

Ma mère qui peut de nouveau se tenir sur pieds rentre dans la chambre et fond en larmes quand elle me voit. Elle est suivie par Glenn et la mère de Max, puis de Nate. Tous tentent tant bien que mal de me rassurer en me disant qu'il va s'en sortir mais je n'arrête pas de pleurer. Je l'aime, je ne veux pas le perdre. Peu m'importe qu'on reste ensemble ou non, il doit s'en sortir. Il faut qu'il se batte !

Dans l'attente de la fin de son opération, l'angoisse me tue.

Quand Nate revient dans ma chambre, j'ai l'impression que mon cœur a cessé de battre. Je l'interroge du regard, implorant le ciel pour qu'il ne me donne que de bonnes nouvelles.

Le meilleur ami de mon mari s'approche et vient s'assoir près de moi puis me prend les mains.

 - L'opération s'est bien passée.

Je ferme les yeux et soupire de soulagement.

- Il n'a pas encore repris conscience mais on a la possibilité d'aller à son chevet. Ne t'inquiète pas, j'y serai.

Des larmes s'échappent de mes yeux. J'aimerais tellement être auprès de lui ! Je n'ai pas encore la permission de me lever. Il me tarde de pouvoir être à son chevet. Il me manque à mourir.

Nate me tend un mouchoir et j'essuie mes larmes. Il se veut rassurant mais l'inquiétude marque son visage, il est très affecté.

- Merci.
- C'est un battant, il va s'en remettre, j'en suis sûr.

∞ ∞ ∞

Quelques jours sont passés. L'infirmière m'installe dans un fauteuil roulant et me conduit au chevet de mon mari. Il s'est réveillé hier mais je n'ai pas encore pu le voir. Ma jambe plâtrée me fait un peu moins souffrir. Quand la porte de la chambre s'ouvre et que je le vois, mon cœur fait un bond dans ma poitrine. Mes yeux s'emplissent de larmes.

L'infirmière m'approche de son lit et sort. Max est sous calmant et est endormi alors je rapproche mon fauteuil que je positionne parallèlement à son lit.

- Si tu savais comme tu m'as manqué, je t'aime Max, dis-je tout bas.

Je finis par m'endormir à mon tour, la tête posée à côté de lui.

Une caresse sur les cheveux me réveille quelques temps plus tard. Quand je vois à nouveau ce regard brun qui fait battre mon cœur depuis quelques mois, je ne peux m'empêcher d'être émue au point d'éclater en sanglots.

- J'ai eu tellement peur si tu savais.

Bien que ses traits soient tirés, l'ombre de la barbe naissante sur ses joues et les quelques mèches en bataille sur son front le rendent terriblement adorable. Il tend la main et caresse ma joue, le regard grave.

- Et toi princesse, tu n'imagines pas les pensées horribles qui m'ont traversé l'esprit quand je me suis souvenu de l'accident à mon réveil. J'ai eu tellement peur qu'il te soit arrivé malheur…

Max essuie mes larmes à l'aide de son pouce.

- Tout ceci est de ma faute, si on n'avait pas eu cette discussion stupide...
- Non trésor ne dis pas ça, rien n'est de ta faute. J'aurais pu éviter ce chauffard si j'avais été plus alerte.
- C'est moi qui...

Il me fait taire en posant son index sur mes lèvres qu'il caresse tout doucement. Je ne dis plus rien et repose ma tête près de lui, le cœur reconnaissant qu'il soit sain et sauf.

Chapitre 13

Max

Lorsque je me suis réveillé dans cette chambre d'hôpital et que les souvenirs ont afflué à ma mémoire, une peur terrible m'a envahi. J'ai eu peur de l'avoir perdue pour toujours. Heureusement les médecins m'ont vite rassuré, elle allait bien. Ma joie n'a été que de courte durée quand le docteur m'a annoncé qu'il est possible que j'aie des séquelles de cet accident à vie.

J'ai eu un choc violent au bassin et aux jambes. D'après le docteur, le choc pourrait avoir altéré mes « fonctions masculines ». C'est le terme qu'il a employé. J'ai cru que j'allais retomber dans le coma tellement j'ai été choqué par son annonce.

Il m'a rassuré en me disant que mes fonctions érectiles ne sont que temporairement altérées et que tout reviendrait dans l'ordre d'ici quelques temps. C'est « l'histoire de quelques semaines » m'a-t-il dit. Et ça ce n'était que la « bonne nouvelle ».

La mauvaise nouvelle était qu'il est possible que le choc ait pu altérer ma capacité à concevoir en obstruant certains canaux déférents. Il m'a expliqué tout un tas de termes médicaux complexes mais je n'ai retenu qu'une chose, c'est qu'il est possible que bien que je ne sois pas devenu impuissant, mes capacités à « féconder » soient désormais réduites, sinon nulles. Je ne sais absolument pas comment c'est possible.

D'après le médecin, cette possibilité aurait 25% d'être avérée. Je devrai donc faire un spermogramme dès que je serai rétabli pour écarter cette hypothèse et être rassuré.

Je n'en ai rien dit à Keysia. J'imagine qu'elle se doute bien que pendant les 8 prochaines semaines je ne vais pas pouvoir assumer mes devoirs conjugaux.

Je ne compte pas lui parler en détail de cette histoire avant d'avoir fait ce spermogramme et d'être sûr de quoi que ce soit.

Nous sommes sortis de l'hôpital. Elle marche à nouveau mais se déplace à l'aide d'une béquille. Moi je suis encore en fauteuil roulant mais les médecins sont optimistes, mon état devrait s'améliorer très vite au fil des prochaines semaines.

∞ ∞ ∞

Avec la rééducation chez le kinésithérapeute, je commence tout doucement à retrouver l'usage de mes jambes. Keysia quant à elle s'est totalement remise et prend soin de moi. Je ne lui serai jamais assez reconnaissant pour l'attention et la patience dont elle fait preuve. Je ne suis pas un « convalescent facile » comme elle me le répète.

Les suites de l'accident n'ont pas été faciles à gérer pour nous deux. Nous avons d'abord pris une aide à domicile pour nous aider à gérer le quotidien les deux premiers mois, puis ma femme a pris la relève il y a 2 semaines lorsque son état s'est nettement amélioré.

Nos mères à tous les deux se sont naturellement proposées pour aider, mais on a préféré se débrouiller seuls. Keysia alterne avec ses cours à l'université et moi je continue la rééducation avec le kiné.

Depuis l'accident, nous n'avons pas réellement partagé de moment d'intimité, trop occupés entre les rendez-vous médicaux, les soins, et Keysia qui jongle entre le quotidien et ses cours de droit.

On fonctionne je dirais à nouveau comme des amis, mais sans avoir besoin de se cacher l'un de l'autre et avec un peu plus de proximité physique. Je ne peux pas le nier, son corps me manque. Cette intimité qui existait entre nous avant l'accident me manque énormément.

Ce soir, je lui prépare une petite surprise.

Je suis assis dans le fauteuil roulant lorsque je l'entends rentrer. Je suis si enthousiaste que je parviens difficilement à cacher ma joie.

Elle vient déposer un baiser sur mes lèvres. Je glisse mes doigts dans ses cheveux et retient son visage près du mien et l'embrasse à nouveau.

  - Tu as passé une bonne journée ? M'enquiers-je.
  - Oui mais je suis épuisée ! Je file prendre une douche, ça va me faire du bien.
  - Bonne idée.

Dès que je suis sûr qu'elle est bien sous la douche et que j'entends l'eau couler, je me lève tout doucement du fauteuil et marche jusqu'à la chambre. Ça me fait tellement de bien de pouvoir remarcher ! Mais il n'y a pas que ça !

J'ôte mes vêtements et m'insère doucement dans la douche. Keysia ne m'entend pas rentrer car je marche à pas de loup. Elle est de dos et l'eau ruisselle sur son corps magnifique. Comme cette vision m'avait manqué...

Je suis conscient que je risque de lui faire peur mais la surprise en vaut le coup. J'avance doucement ma main et mes doigts se posent sur sa peau satinée. Elle ne peut retenir un cri de surprise et se retourne terrifiée. Je la retiens par les épaules pour éviter qu'elle ne glisse. Quand elle s'aperçoit que c'est moi, son expression passe de la terreur à la surprise.

  - Max, tu...mais tu marches ?! S'exclame-t-elle en regardant mes jambes. Oh mon Dieu !

Son regard remonte jusqu'à mon membre durci.

  - Oh, et tu..., ajoute-t-elle sans pouvoir terminer sa phrase, la main sur la bouche.

Elle se jette dans mes bras et je l'embrasse. Le contact de son corps contre le mien me rend fou. Une cascade de sensations prend possession de mon corps. Des mois que je n'ai pas ressenti autant de plaisir, des mois qu'il m'a tardé de la toucher plus intimement.

Je sais très bien que j'ai dit que je mettrais de la distance entre nous mais ce soir, je n'ai pas le temps de réfléchir à quoi que ce soit ni d'être prudent, ma femme m'a trop manqué.

Ce soir-là sous la douche, je fais l'amour à Keysia et nous atteignons le sommet tous les deux en même temps. Dans l'intensité du moment, nous n'avons pas pensé à prendre de précautions.

∞ ∞ ∞

Je fixe impatiemment l'heure sur mon ordinateur. Il n'est que midi ! J'ai l'impression que le temps s'acharne contre moi en décidant de passer plus lentement que d'habitude.

J'attends les résultats du spermogramme que j'ai fait hier. Je suis horriblement stressé.

Lorsque ma secrétaire m'annonce que Nate est là, je me dis que mon meilleur ami ne pouvait pas mieux tomber et demande à Isa de le faire entrer sans tarder. Après tout, peut-être que sa présence m'aidera un peu à déstresser. Je ne lui ai rien dit pour le spermogramme. Personne n'en sait rien, puisque je ne suis moi-même sûr de rien du tout.

 - Hey, comment va le survivant ?

C'est comme ça qu'il m'appelle depuis l'accident.

 - Arrête de m'appeler comme ça Nate, ça me rappelle de sales moments.
 - Tu as raison, reconnaît-il. Je passais dans le coin. Tu veux aller manger ?

Pourquoi pas ? J'acquiesce, verrouille mon ordinateur et sors déjeuner avec mon ami. Il y a un super restaurant pas très loin des locaux de Ashford Industry.

4 mois sont passés depuis l'accident et ma vie a repris son cours normalement. J'ai recommencé à marcher comme avant. Le médecin

m'a déconseillé le footing pour le moment. Je devrais attendre encore deux longs mois. Il me tarde de pouvoir courir le long des étendues vertes de Lincoln Park.

- Alors, qu'est-ce que tu deviens ?

On n'a pas vraiment eu l'occasion de se poser tous les deux pour discuter depuis mon accident.

- Eh bien, je me suis remis.
- Je vois ça oui, dit-il en me contemplant admiratif, tu nous as fait une sacrée peur mon vieux !
- Je t'ai toujours dit que tu ne seras pas débarrassé de moi avant de très longues années.

Nate rit de bon cœur et me tapote amicalement l'épaule. Je suis heureux de le retrouver. Nous sommes amis depuis l'enfance et il a toujours été là pour moi.

- Et toi, raconte-moi, quoi de beau pour toi ?

Il soupire.

- Rien de nouveau. Ma vie n'est pas aussi palpitante que la tienne tu sais ! Pas d'héritage ni de faux mariage, pas d'accident de voiture ni d'épouse totalement folle de moi !
- Arrête de dire n'importe quoi, Keysia n'est pas amoureuse de moi.
- Ça c'est ce que tu essaies de te faire croire à toi-même. On a tous vu dans quel état elle était quand tu as eu ce maudit accident.
- C'est normal qu'elle ait été mal, ça ne veut en aucun cas dire qu'elle a des sentiments pour moi.

Nate remue la tête l'air pas convaincu du tout.

- Ça va mal finir cette histoire, je le sens.
- N'oublie pas que c'est toi qui m'as donné cette brillante idée !
- Oui mais j'étais loin d'imaginer que l'alchimie entre vous serait si violente et que tu finirais par coucher avec elle. Bon, ça je m'en doutais un peu mais je n'imaginais pas l'étendue des dégâts. Elle est raide dingue de toi mec !

Je ne sais pas quoi lui dire. Cette situation commence à me dépasser, je l'avoue. Keysia avait raison, les limites entre nous ne sont pas claires du tout. J'y suis certainement pour quelque chose, j'aurais dû être plus prudent avec elle.

Maintenant, quand je me projette sur les 4 prochains mois, je ne me vois pas tout arrêter. Je suis aussi terrifié par l'idée de m'engager pour de vrai avec elle que par celle de m'éloigner d'elle.

- Je n'y crois pas, tu es amoureux d'elle...

Je ne sais pas si je suis amoureux de Keysia mais je sais que je ne veux pas vivre sans elle et que je ne suis pas prêt à la laisser sortir de ma vie.

- Là n'est pas la question.
- Max, arrête de te voiler la face. Tu as le droit de l'aimer tu sais, c'est ta femme.

Je soupire et me passe nerveusement la main droite dans les cheveux.

- Emy est passée à la maison juste avant mon accident.

Nate est surpris.

- C'est Keysia qui lui a ouvert, moi j'étais en voyage. Ça a foutu un sacré bordel dans ma tête.
- Quoi, ne me dis pas que tu aimes encore cette vipère ?
- Non, bien sûr que non. C'est juste que...c'est juste que ça m'a rappelé à quel point j'avais souffert et depuis c'est un peu comme si mon cerveau était passé en mode défense. J'ai peur de me laisser aller avec Keysia.
- Mon pote, Keysia et Emy c'est le jour et la nuit.
- Je sais, mais quand on a été mordu par un serpent, on a peur même d'une simple corde.

Cette phrase fait rire mon ami, mais moi je ne suis pas en train de rigoler. Je suis terrifié quand je pense à ce que je commence à ressentir pour la femme qui partage ma vie depuis bientôt 8 mois. Je suis plus perdu que jamais.

- Nate, tu n'as aucune idée de ce que c'est que de retrouver la femme qu'on aime et qu'on s'apprête à épouser dans le lit d'un autre. Moi je l'ai vécu et je peux te dire que ce genre de choses, ça transforme.

Mon ami prend un air compatissant.

- Je sais, j'étais là.

Oui il était là. Il était là quand j'étais ramassé à la petite cuillère, quand j'avais l'impression que mon univers s'effondrait parce que j'avais été trahi par celle en qui j'avais le plus confiance et par ce cousin qui était aussi mon témoin de mariage et que je considérais comme mon deuxième meilleur ami.

- Que comptes-tu faire ?
- Je ne sais pas. Essayer de mettre un peu de distance entre nous le temps d'avoir les idées plus claires.

Mon ami hoche la tête l'air déçu.

- Essaie de ne pas lui briser le cœur.

Le bruit de la notification sur mon téléphone attire mon attention. Je consulte mon écran et mon cœur fait un bond quand je constate qu'il s'agit bien des résultats du spermogramme.

- Tout va bien ? M'interroge Nate.
- Oui, dis-je en en essayant de cacher la tension qui s'empare soudain de moi.

Dès que nous finissons de manger, je m'excuse auprès de Nate et retourne chez Ashford Industry.

Je m'isole dans mon bureau pour consulter à tête reposée le mail que vient de m'envoyer le laboratoire. Je consulte le mode opératoire pour décrypter le fichier numérique qui m'a été envoyé. C'est assez rapide. Je rentre ma date de naissance et ouvre le document. Il est sur deux pages.

Je le parcours rapidement des yeux puis quand je lis la conclusion, j'ai l'impression d'avoir reçu un énorme coup de massue.

« *Absence totale de spermatozoïdes. Stérilité... Azoospermie* »

Le téléphone m'échappe des mains et tombe sur le sol.

Je me passe la main sur le visage. Ce n'est pas possible. Persuadé d'avoir mal lu, je reprends à nouveau le téléphone qui heureusement n'est pas cassé et relis chaque mot du compte rendu d'analyses. Je me mets même à faire des recherches sur internet pour pouvoir interpréter les résultats de l'examen. L'interprétation est claire, je suis devenu stérile à la suite de ce maudit accident.

Je suis tellement en colère et dégouté que je saisis un pot de verre sur mon bureau que je fracasse contre le mur sans pouvoir me retenir. C'est injuste. J'ai toujours rêvé de devenir père. Oui, je ne me projetais pas spécialement papa dans un futur immédiat mais j'en ai rêvé.

En sortant du bureau 30 minutes après, je demande à Isa d'annuler tous mes rendez-vous puis prends ma voiture. Je conduis sans savoir où je vais. Je conduis jusqu'à être épuisé puis finis par me décider à consulter un urologue. J'appelle et tombe sur la secrétaire qui me donne rendez-vous immédiatement car une personne vient de se désister. Je m'y rends immédiatement. 1 heure plus tard, je suis devant le médecin à qui je montre les résultats d'examens.

Le médecin analyse les résultats et se racle la gorge.

- Effectivement, vous avez bien compris les résultats. Vous souffrez d'azoospermie et il n'y a aucun spermatozoïde dans votre semence.

Oui ça je sais, mais ce qui m'intéresse c'est de savoir s'il y a une solution à tout ça.

- Est-ce que c'est irréversible ?
- C'est difficile de se prononcer dans l'immédiat. Aviez-vous déjà fait un spermogramme auparavant ? Y-a-t-il eu un évènement particulier à la suite duquel vous avez fait cet examen ?

Je lui parle de l'accident et lui explique exactement tout ce qui s'est passé et ce que m'a dit l'autre médecin lorsque j'étais hospitalisé.

- Je comprends mieux. Si c'est une simple obstruction des canaux déférents, ça peut se corriger par une chirurgie.

Un grand soupir de soulagement m'échappe.

- Par contre, étant donné que vous ne vous êtes remis de votre accident que depuis peu, il est plus prudent d'attendre quelques mois avant de pratiquer l'intervention.
- Ça veut dire que d'ici là ma femme ne pourra pas tomber enceinte ?
- Pas avant l'intervention. C'est médicalement impossible.

Je remercie le médecin.

- Je reprendrai rendez-vous d'ici quelques mois quand je serai prêt à passer à nouveau sur la table d'opération.

Le spécialiste acquiesce et me raccompagne. Quand je regagne mon véhicule, je pose mes deux mains sur le volant et respire un bon coup. Ouf ! Ce n'est pas irréversible.

Pour le moment la chirurgie attendra. J'ai été convalescent trop longtemps récemment et je ne suis pas prêt à repasser tout de suite sur le billard. De toute façon, pas d'urgence.

Je ne pense pas en parler à Keysia, elle sera probablement inquiète pour moi. Ça ne vaut pas le coup.

Chapitre 14

Keysia

Max va beaucoup mieux mais entre nous les choses sont plus compliquées.

Les premières semaines où il a commencé remarcher, nous avons recommencé à partager d'intenses moments de complicité. Pourtant, depuis quelques temps, j'ai l'impression qu'il prend ses distances. Il reste travailler tard dans son bureau à la maison même après une journée chargée et le matin il part tôt avant même que je sois réveillée.

Je ne sais pas trop à quoi il joue avec moi, soufflant sans cesse le chaud et le froid et je ne sais plus du tout où on en est. La fois où nous en avons discuté, c'était le soir de l'accident. Il m'avait clairement fait comprendre que pour lui notre relation restait purement charnelle et « sans engagement » comme je l'avais moi-même suggéré cette nuit où nous avons fait l'amour pour la première fois.

 - Qu'est-ce qui n'est pas clair pour toi Keysia ? Me dis-je à moi-même en regardant mon triste reflet dans le miroir.

Je me sens totalement lasse et déprimée. Je me sens seule et j'ai le sentiment que Max m'a abandonnée car il est là sans l'être réellement. Nous ne partageons presque plus de moment de complicité tous les deux.

J'imagine qu'il est en train de se détacher de moi progressivement pour préparer la « fin officielle de notre couple » prévue d'ici 3 mois.

Ce mariage avec lui m'a complètement transformée et je n'aime pas du tout ce que je suis devenue. Avant j'étais constamment sur la défensive. Je suis vraiment nostalgique de cette époque parce que j'ai le sentiment que ça me protégeait. Aujourd'hui je me suis totalement ouverte à lui et mon cœur est en train de se fissurer petit à petit.

J'essuie la larme solitaire qui s'échappe de mon œil et ramasse mes affaires pour me rendre à l'université.

Andrew m'a proposé d'aller manger un truc ce midi, je pense ne pas refuser. C'est devenu un véritable ami. Je m'étais un peu éloignée de lui parce que j'étais persuadée que Max était jaloux. Pourquoi être jaloux alors qu'il ne m'aime pas ? Il n'a pas le droit d'être aussi possessif alors qu'il ne se projette sur absolument rien quant à nous deux.

Il y a au moins eu du bon dans ma vie. La maladie de ma mère cède petit à petit du terrain. Elle est en forme et a pu reprendre une vie à peu près normale.

Il me reste seulement quelques mois de cours. Si je réussis mes examens de fin d'année, je pourrai bientôt présenter l'examen du barreau pour devenir avocate. Cette pensée motivante m'encourage et me donne la force de me concentrer sur mon seul cours de la journée.

Dès que le cours se termine, je rejoins Andrew devant la salle où il termine le sien.

- Tu n'as pas bonne mine. Est-ce que ça va ?

Non ça ne va pas. En plus d'être déprimée, ça fait des jours que j'ai constamment mal au ventre. J'ai l'impression d'avoir des crampes dans le bas du ventre comme si j'allais avoir mes règles mais elles n'arrivent pas. Je suis très irrégulière alors c'est difficile de savoir quand exactement elles sont censées arriver.

- Ça va.

Andrew fronce les sourcils et me regarde étrangement mais ne dis rien, puis nous nous dirigeons vers le restaurant à côté de l'université. Il commande une assiette de steak frites et j'en fais de même.

Je n'ai même pas pris deux bouchées qu'une terrible nausée m'envahit. Je fonce vers les toilettes du restaurant et vomis le maigre contenu de mon estomac. J'ai des haut-le-cœur violents et je vomis encore. Qu'est ce qui m'arrive ? Une indigestion peut-être. Je me rince le visage et reviens à table.

Mon ami est inquiet.

- Tu ne vas pas bien Keysia, je devrais peut-être te ramener chez toi.
- Non, ça va un peu mieux.

Impossible de terminer mon repas. Rien que la vue de mon assiette me donne la nausée.

- Je ne peux pas terminer mon assiette mais on peut rester discuter, ça me fait plaisir.

Mon ami acquiesce et m'observe d'un regard inquisiteur.

- Tu as souvent vomi comme ça ces derniers temps ?
- Non pas du tout. Je ne sais pas ce que j'ai.

Andrew se racle la gorge.

- Tu es enceinte ?

Sa question me secoue.

- Non ! Qu'est ce qui te fait penser que je pourrais l'être ?

Il me sourit gentiment.

- Tu as vu ta tête ? Ma sœur vivait avec moi quand elle est tombée enceinte. J'ai suivi sa grossesse dès le début et je sais en reconnaître les symptômes.

Non ! Non, je ne pourrais pas être enceinte. Enfin techniquement si car Max et moi avons été imprudents plus d'une fois. Mais ça m'arrange de me convaincre que je ne le suis pas car si c'était le cas, ça serait une vraie catastrophe ! J'ignore comment Max réagirait et je ne saurais pas comment gérer cette situation, surtout avec la complexité de nos rapports. Il ne m'aime pas, c'est évident. Il ne se projette pas avec moi. Si je tombais enceinte de lui, les choses deviendraient beaucoup plus compliquées.

- Je sais que ça ne me regarde pas, mais tu as l'air d'avoir des soucis. Qu'est ce qui ne va pas ?
- C'est si évident que ça ?
- Tu as perdu ton sourire et ton éternelle bonne humeur.

Des larmes brouillent ma vue. Parler à quelqu'un me ferait du bien. Je n'arrive pas à le faire avec Glenn, je me suis involontairement éloignée d'elle. Je lui ai menti dès le départ sur ma relation avec Max et maintenant que tout est devenu si compliqué, je ne sais pas comment lui en parler.

J'essaie de parler mais mes sanglots menacent de redoubler alors Andrew fait signe au serveur d'apporter l'addition. Il insiste pour régler ma part. Nous sortons et partons nous asseoir dans le parc pas loin.

- Je ne sais pas par où commencer.
- Commence par le début, j'ai tout mon temps, me dit-il en me pressant amicalement les doigts.

Je prends une profonde inspiration et me lance dans le récit des 9 derniers mois.

- Max et moi nous...notre mariage, ce n'était pas un mariage d'amour.

J'explique à Andrew les circonstances de notre histoire, comment Max est venu me proposer ce mariage et tout ce qui s'est passé ensuite.

- Je suis tombée amoureuse de lui, mais mes sentiments ne sont pas partagés. Il...il m'a clairement fait comprendre que ce mariage restait temporaire pour lui.
- Nous les hommes, nous sommes parfois assis sur nos sentiments et trop fiers pour les révéler.

Je remue la tête de gauche à droite. Je refuse de me bercer d'illusions.

- Je suis persuadée qu'il aime encore son ex.

Je raconte à Andrew la visite nocturne de cette Emy ainsi que la réaction de Max quand je lui en ai parlé.

- Ça ne veut rien dire voyons ! Ecoute, évite de te faire souffrir avec des suppositions. Pour le moment ce que tu dois faire c'est un test de grossesse et ensuite tu aviseras. Je suis persuadé qu'il est fou amoureux de toi, ça crève les yeux.

Ça ne me paraît pas aussi évident.

- Tu te souviens du regard assassin qu'il m'a lancé sur la plage quand je dansais avec toi ? J'ai cru qu'il allait me briser les os ! Ajoute Andrew qui se met à rire.

Son rire m'entraîne.

Quand je repense à cette époque où les choses étaient plus simples, je suis nostalgique. Mon ami parvient à me faire rire et oublier un peu mes peines.

- Il va falloir que je rentre me reposer, je suis épuisée.

Il acquiesce d'un signe de tête.

- N'oublie pas. Test de grossesse.

Pourvu qu'Andrew se trompe.

J'acquiesce et lui dis au revoir. Ma voiture est au garage alors il me propose de me raccompagner bien qu'il ait un cours à dispenser dans quelques minutes. Je réussis finalement à le convaincre que je peux rentrer toute seule alors nous nous levons.

Andrew me fait la bise et reprend le chemin de l'université. Je me lève pour aller vers la direction opposée quand j'aperçois une imposante silhouette à quelques mètres de moi.

Max se tient là devant moi les poings serrés et l'air en colère. Nous nous fixons droit dans les yeux pendant un moment.

Je suis en colère contre lui et visiblement lui aussi.

- Qu'est-ce que tu fous encore avec ce type ? Me questionne-t-il les dents serrées, ses yeux lançant des éclairs.
- Je n'ai absolument aucun compte à te rendre, dis-je sur le même ton.

Parler avec Andrew m'a redonné des forces. J'ignore Max et poursuit mon chemin mais il me retient par le bras lorsque j'arrive à sa hauteur et me ramène devant lui.

- Je ne me répèterai pas Keysia, passer pour le cocu de service ça ne m'intéresse pas.

Pour qui se prend-il pour me parler sur ce ton, comme si je lui appartenais ? Je tire mon bras pour me dégager de son étreinte mais il ne me lâche pas et nous nous affrontons du regard. La tension entre nous est forte.

- Lâche-moi ! Dis-je en tirant à nouveau mon bras.

Je suis à cran, j'ai les nerfs à fleur de peau et j'ai l'impression de pouvoir facilement passer de la rage aux larmes et ça m'énerve encore plus.

- On rentre à la maison, ordonne-t-il en m'entrainant vers sa voiture.

Je lutte encore et comme il ne me lâche pas, je deviens hystérique, mes yeux sont remplis de larmes et je me mets à le taper de toutes mes forces. Il me lâche et me toise, l'air furieux. Ma respiration est saccadée et j'ai une énorme boule dans la gorge.

- Tu n'as pas d'ordre à me donner et je ne te dois absolument aucune explication. Nous ne sommes rien l'un pour l'autre.

Ma phrase semble l'avoir atteint. Il semble être déçu l'espace d'un instant puis la colère reprend à nouveau possession de ses traits. Il attrape mon avant-bras et me force à monter dans son coupé sport.

Il vient s'installer au volant et me lance un regard assassin. Je détourne mon visage vers la vitre. Je ne veux pas le voir. Je lui en veux terriblement de malmener mes sentiments de la sorte, de sans cesse souffler le chaud et le froid.

Quand nous arrivons à l'appartement, je descends de la voiture sans attendre et m'éclipse dans la chambre d'ami où je m'enferme. J'y ai déposé mes affaires ce matin. Désormais, pour les 3 mois qui nous restent à vivre sous le même toit, nous ferons chambre à part. Ça ne changera rien puisque de toute façon il ne me touche plus depuis quelques temps.

Toute la journée je reste dans la chambre d'ami. Je ne mange pas, je n'ai pas l'appétit et penser à manger me donne des haut-le-cœur.

J'entends Max aller et venir dans l'appartement. Nous ne nous revoyons pas jusqu'au soir où je m'endors le cœur lourd.

Le lendemain matin, je me lève fatiguée et affaiblie. Quand je sors enfin de la chambre, Max n'est pas là. Il est certainement parti bosser. J'essaie de manger quelque chose. Heureusement mon estomac ne rejette pas le peu de choses que j'arrive à avaler.

Je n'ai pas de cours aujourd'hui alors dès que j'ai repris des forces, je vais à la pharmacie acheter deux tests de grossesse. Quelques minutes plus tard, me voilà assisse sur la cuvette des toilettes en train de lire le mode opératoire, le cœur battant la chamade.

Je suis les instructions. Dès que je finis de tremper la tige du test de grossesse dans mon urine, la deuxième bande qui indique le résultat de test apparaît bien et très foncée. Mes mains tremblent, l'objet m'échappe des mains et tombe au sol.

 - Non ce n'est pas possible…

En panique et convaincue qu'il s'agit d'une erreur, je fais le deuxième test qui est aussi positif.

J'éclate en sanglots. Je suis enceinte.

Qu'est-ce que je vais faire ? Comment va réagir Max ?

Je suis trop angoissée, je ne peux pas gérer cette situation seule.

Je prends mon téléphone.

Qui vais-je appeler, Glenn ? Que vais-je lui dire ? Maman ? Je ne me vois pas lui dire que je me suis embarquée dans cette histoire pour elle. Elle s'en voudrait trop.

Je respire un bon coup.

La première personne avec qui je devrais en parler c'est Max. Il ne s'agit plus seulement de nous deux. Je fourre les deux tests dans mon sac à main et sors arrêter un taxi qui me dépose quelques minutes plus tard devant Ashford Industry. Je n'ai pas eu la patience de l'attendre à la maison, je suis trop perdue, j'ai besoin d'en discuter avec lui.

C'est vrai que l'atmosphère était extrêmement tendue hier mais il nous faut mettre toute cette tension de côté et discuter comme des adultes.

Je monte à l'étage. Je m'attends à trouver Isa son assistante mais elle n'est pas là alors je m'avance directement vers son bureau. La porte est entrouverte.

Alors que je m'apprête à en saisir la poignée pour mieux l'ouvrir et entrer, j'entends Max prononcer un prénom qui me freine immédiatement.

- Qu'est-ce que tu veux encore Emy ?
- Je n'ai jamais cessé de t'aimer Max et je sais que toi aussi.

Max ne dit rien. Emy ajoute :

- J'irai voir ta femme pour lui parler de nous.
- Ne te fatigue pas. Entre elle et moi, il n'y a pas de sentiments, seulement un marché…

Une douleur terrible traverse ma poitrine. Je m'éloigne de la porte. Je ne veux pas en entendre plus, j'en suis incapable. J'ai mal au cœur, j'ai mal au ventre… je sors de l'entreprise en hâte et appelle un taxi.

Chapitre 15

Max

Quelques minutes plus tôt...

- *Max, tu m'écoutes ?*
- *Qu'est-ce que tu veux encore Emy ?*

J'avais oublié qu'elle était encore dans le bureau celle-là !

- *Je n'ai jamais cessé de t'aimer Max et je sais que toi aussi.*

Misère ! Je commence à en avoir marre ! Je ne sais pas dans quelle langue lui dire que je ne l'aime pas, que tout ce qui a pu se passer entre elle et moi n'est qu'un mauvais souvenir et que je souhaite qu'elle disparaisse de mon univers.

- *J'irai voir ta femme pour lui parler de nous, ajoute Emy.*

Je ne veux surtout pas qu'elle aille importuner Keysia. On a déjà bien assez de soucis comme ça.

- *Ne te fatigue pas. Entre elle et moi, il n'y a pas de sentiments, seulement un marché, alors rien de ce que tu pourras lui dire ou faire ne pourra la déstabiliser. Passe ton chemin Emy, va te faire voir ailleurs, reste loin de moi et de ma femme.*

Elle a l'air déstabilisée. Je la connais, je sais comment elle fonctionne. Si elle a l'impression que Keysia est vulnérable, elle n'hésitera pas à tenter de l'importuner.

Je commence à perdre patience. Je peste contre Isa qui a laissé entrer cette mégère dans mon bureau. Ça fait une semaine qu'Emy me harcèle. Elle n'arrête pas de défiler ici et ça commence à me gonfler ! Moi qui appréhendais le jour où j'allais la revoir et qui pensais éprouver une profonde colère ou de la haine contre elle, je suis totalement indifférent ! C'est comme si elle n'avait jamais compté pour moi. J'en suis même à me demander si je l'ai aimée un jour.

Mon cœur ne bat que pour une seule personne, Keysia. Hier je suis passé la prendre. Je l'ai appelée plusieurs fois mais elle ne décrochait pas. Garé devant l'université, je l'ai vue sortir d'un restaurant non loin et se diriger vers le parc en face en compagnie d'Andrew. Je n'ai pas pu maitriser la jalousie qui m'enserrait les tripes. Je suis descendu de la voiture et je suis resté à proximité pour les observer. Ils avaient l'air si proches que j'en ai été malade ! Keysia n'a ensuite rien trouvé d'autre à me dire que « *nous ne sommes rien l'un pour l'autre…* ». Cette phrase m'a transpercé.

Je venais à peine de m'avouer que je l'aime comme un fou, alors la voir avec ce type et l'entendre me dire ça m'a rendu dingue.

 - Je t'aime Max, s'il te plaît donne-moi une seconde chance, minaude Emy qui me sort de mes pensées et me rappelle qu'elle n'est pas encore partie.
 - Cette fois, ma patience a été suffisamment éprouvée. Maintenant tu sors d'ici !

Je me lève et la saisis par le bras. Je me demande une nouvelle fois comment j'ai pu être amoureux d'une personne aussi fausse et creuse. J'ouvre la porte et la pousse dehors en la menaçant de porter plainte contre elle pour harcèlement ou de colporter de fausses rumeurs dans la presse sur elle si elle revient à mon bureau ou vient encore chez moi. Emy est un mannequin obsédée par son image. Les scandales dans la presse lui font peur. J'appelle ensuite la sécurité pour leur demander de la virer illico de nos locaux et j'ordonne que plus personne ne la laisse entrer au risque de se faire virer. Elle m'a assez saoulé comme ça !

Le soir, sur le trajet du retour, je pense à comment gérer les choses avec Keysia. C'était plutôt tendu entre nous hier. Elle a dormi dans la chambre d'amis. J'ai laissé faire pour laisser la tension descendre.

Quand je rentre, tout est éteint. Elle est sortie ? Je la trouve dans la chambre d'amis. Elle est enveloppée dans son peignoir et a les cheveux mouillés. Je devine qu'elle sort de la douche.

- Bonsoir.

Elle ne me répond pas. Ses yeux sont rouges comme si elle avait pleuré. Elle n'a pas l'air d'aller bien et j'ai terriblement envie de la serrer contre moi. Instinctivement, je m'avance vers elle malgré toute la colère que j'éprouve mais elle me lance un regard plein de mépris qui me fait hésiter. J'en fais fi et me rapproche pour la prendre dans mes bras.

- Ne me touche pas, hurle-t-elle en me repoussant avec force.

C'est moi qui devrais être en colère contre elle après ce qu'elle m'a dit hier.

- Il faut qu'on parle.
- Je n'ai rien à te dire, tu n'es qu'un sale menteur ! M'insulte-t-elle d'une voix blanche.

Ma colère commence à prendre le pas sur mon désir de réconciliation.

- Ah oui ? Et sur quoi t'ai-je menti ?

Je suis furieux qu'elle ose se mettre dans la posture de victime.

- Tu continues de voir ton ex espèce de salaud !
- Quoi ?

- Arrête de faire l'innocent. J'ai tout entendu ce matin. Je suis passée te voir à ton bureau et j'ai tout entendu !

Qu'est-ce qu'elle a entendu ? OK, je ne lui ai pas dit qu'Emy était passée plusieurs fois au bureau mais si elle était vraiment là ce matin comme elle le prétend, elle m'aurait entendu et vu la mettre à la porte.

- « *Entre elle et moi, il n'y a pas de sentiments, seulement un marché* », répète-t-elle en faisant allusion à mes paroles de ce matin et en me fixant avec dégoût.

Pourquoi s'en offusque-t-elle après ce qu'elle m'a dit hier ?

- Et alors ? C'est bien ce que tu m'as dit hier non ? Que nous ne sommes rien l'un pour l'autre.

Keysia fonce sur moi et me frappe le torse avec ses poings. Qu'est-ce qu'il lui arrive ? Je réussis à la maitriser et à immobiliser ses mains. Je veux lui dire que je l'aime, que je n'aime qu'elle, qu'Emy ne compte pas et n'a jamais compté.

- Je te déteste ! Je regrette ce stupide marché, je regrette de m'être donnée à toi, je te déteste de toutes mes forces! Me balance-t-elle au visage au bord de l'hystérie.

Ses mots me font mal alors les déclarations que je m'apprêtais à lui faire meurent au bord de mes lèvres et se transforment en paroles pleines de colère. Je me sens blessé et ne pense qu'à la blesser à mon tour. Je ne me contrôle plus et hausse moi aussi le ton.

- Tu me reproches quoi, hein ? Tu savais très bien à quoi tu t'engageais avec moi.

Elle ferme les yeux pour ne plus affronter mon regard et son menton se met à trembler. Incapable de me maitriser, je continue.

- Je ne t'ai forcée à rien et je ne t'ai rien promis ! Je n'avais même pas l'intention de te toucher, c'est toi qui es venue me supplier de coucher avec toi !

Keysia ouvre les yeux et cette fois, mes mots ont l'air de l'avoir touchée profondément. Elle éclate en sanglots mais je suis bien trop en colère contre elle pour me laisser attendrir par ses larmes.

 - Tu n'es qu'un salaud ! Réussit-elle à dire, dégoutée.
 - Et toi tu n'es qu'une gamine capricieuse qui ne sait pas ce qu'elle veut !

Je relâche ses poignets et tourne les talons puis sors de l'appartement en claquant la porte. Il faut que je m'éloigne d'ici. Je suis trop tendu.

Chapitre 16

Keysia

J'aimerais pouvoir m'arrêter de pleurer mais je n'y arrive pas. Je suis blessée et totalement déboussolée. Je n'arrive plus à maitriser mes émotions.

Si je n'avais pas été enceinte, je crois que je serais partie d'ici, j'aurais quitté Max aujourd'hui même. Ses mots m'ont touchée. Il ne m'aime pas et n'a jamais rien ressenti pour moi.

Même si je savais plus ou moins à quoi m'attendre en me lançant dans ce stupide marché avec lui, il n'a rien fait pour maintenir un semblant de barrière entre nous.

Moi j'ai essayé.

Dès que nous sommes revenus de Malibu j'ai essayé de mettre de la distance entre nous, j'ai muselé mes sentiments mais il a toujours tout fait pour faire tomber mes barrières et maintenir notre « couple » dans une espèce de cocon amoureux ambigu.

Maintenant, c'est de ma faute ?

Je lui en veux de malmener mon cœur de la sorte. Il n'a pas cessé de me donner de l'espoir en jouant au mari amoureux avec moi. Comment ai-je pu être assez stupide pour me faire autant d'illusions ? Espérer que son attitude était guidée par ne serait-ce qu'un peu d'amour ?

Je regarde mon ventre et y pose la main, désespérée. Comment lui annoncer que je porte son enfant après ce qu'il vient de me dire?

« Tu savais très bien à quoi tu t'engageais avec moi. Je ne t'ai forcée à rien et je ne t'ai rien promis ! Je n'avais même pas l'intention de te toucher, c'est toi qui es venue me supplier de coucher avec toi ! »

Quelle idiote ! Jamais je n'aurais dû...

Je ne sais même pas si c'est une bonne idée de lui parler de mon état. Peut-être devrais-je tout simplement garder ma grossesse secrète et partir ? On restera mariés les 3 mois qui restent et on se séparera dès qu'il aura pu toucher son héritage ?

Je ne suis pas une lâche. Je lui ai promis d'aller jusqu'au bout du contrat et je le ferai. Il a rempli sa part en payant les soins de ma mère, en nous mettant à l'abri et en m'aidant à m'inscrire à l'université.

Je n'attends rien de lui, je n'espère plus rien de lui. Tout ce que je veux, c'est partir d'ici et mettre mon enfant à l'abri. Ma mère a pu m'élever seule alors j'y arriverai bien moi aussi.

Je ne sais plus où j'en suis, je ne sais pas ce que je veux et ce fichu mal de ventre me plie en deux. Il faut que je consulte au plus vite. Ces crampes au bas du ventre ne me lâchent pas. Je n'ai jamais été enceinte avant alors je ne sais même pas si c'est normal.

Je me sens un peu affaiblie, je n'ai rien avalé ce soir. Je devrais manger mais je n'ai ni l'appétit ni l'énergie pour me lever et manger quoi que ce soit.

Le cœur en miettes et en proie à des sentiments contradictoires, je finis par m'allonger et m'endormir. Quelques temps après, la porte de la chambre s'ouvre. Je ne sais pas combien de temps j'ai dormi. J'aperçois la silhouette de Max dans la pénombre, il s'avance et vient s'asseoir tout près de moi sur le lit.

Aucun de nous deux ne parle pendant un moment. J'ai tant de choses à lui dire. J'aimerais pouvoir lui parler, mais je n'y arrive pas.

- Je suis désolé, finit-il par dire.

Je ne perçois pas son visage mais le son de sa voix me donne à penser qu'il l'est vraiment.

- Désolé d'avoir été aussi distant ces derniers temps et désolé pour ce que j'ai dit tout à l'heure, je n'en pensais pas un mot. Je ne voulais pas te faire de peine.

Je ne dis rien.

- Pour Emy, je ne sais pas exactement ce que tu as entendu mais je peux te jurer qu'il n'y a rien entre elle et moi. Tu as dû entendre uniquement des bribes de notre conversation. Je lui ai clairement dit qu'elle n'avait pas sa place dans ma vie et je l'ai mise à la porte.

Il paraît sincère. Pourtant je ne veux pas me bercer à nouveau d'illusions.

- J'aimerais qu'on fasse la paix. Tu me manques Keysia.

Je ferme les yeux et me parle intérieurement « *Non Keysia, ne te laisse pas avoir ! Il joue encore avec ton cœur. C'est bien beau tout ça mais ça ne dit pas ce qu'il éprouve réellement pour toi* ».

Je ne dis toujours rien. Max ne s'en formalise pas.

Il s'allonge sur le lit derrière moi et m'enlace de ses bras. Son souffle caresse ma nuque et sa main glisse sous ma chemise de nuit jusqu'à se poser sur mon ventre. J'étouffe un gémissement et ferme les yeux.

Sa paume est tiède et me fait l'effet d'un cataplasme à cet endroit même où est niché le fruit de nos moments de passion. Je me demande si son geste est le fruit du hasard ou s'il sait que je suis enceinte. Je ne le repousse pas. Même si je lui en veux, le contact avec son corps me rassure et me fait du bien. Je m'endors.

∞ ∞ ∞

Une caresse sur les cheveux suivie d'un baiser sur le front me réveille le matin. Max se tient près de moi et un plateau est posé sur la table de chevet.

Quand mon cerveau se remet en route et que je comprends qu'il s'agit d'un petit-déjeuner, je prie que mes nausées ne me trahissent pas.

Nous sommes dimanche matin et notre dispute remonte à deux jours. Depuis qu'il s'est excusé, la tension est un peu redescendue. Je reste sur la réserve mais Max fait des mains et des pieds pour se rapprocher à nouveau de moi.

J'ai compris qu'il ne savait rien pour ma grossesse quand hier soir, il m'a servi un verre de vin au dîner. J'ai prétexté avoir pris un médicament incompatible avec l'alcool le matin même. Il m'a demandé si j'étais malade et j'ai prétendu que c'était une petite grippe. Depuis, il est aux petits soins. Quant à moi, j'essaie de garder les pieds sur terre…

Je le remercie et me redresse.

 - Tu es toute pâle. Tu es sure de ne pas vouloir que j'appelle le médecin ?

Surtout pas !

 - Non, ça va ne t'en fais pas.

Max n'a pas l'air convaincu et touche mon front puis mon cou. Il fronce les sourcils et ouvre le tiroir de la table de chevet pour en sortir un thermomètre digital. Super ! Il va jouer aux médecins maintenant… Il me passe le thermomètre sous le bras et m'intime l'ordre de le baisser. Je le regarde faire et ne peux empêcher un sourire de se dessiner sur mes lèvres.

 - Enfin un sourire ! Jubile-t-il.

Je ne réponds pas.

 - Tu as 38 de fièvre, me fait-il remarquer lorsqu'il retire le thermomètre de mon aisselle.
 - C'est normal, je t'ai dit que j'avais attrapé la grippe. Tu ne devrais pas rester trop près de moi, je pourrais te contaminer.

Je joue le jeu à fond mais ne parviens pas à le dissuader de jouer les nounous. Affamée, je dévore mon petit-déjeuner avec appétit. Dieu merci, je ne vomis pas. Ensuite, je passe le reste de la journée à dormir, trop épuisée pour faire quoi que ce soit.

Le lendemain, j'ai rendez-vous avec ma gynécologue. Elle me reçoit comme toujours avec le sourire. Je lui parle de mes douleurs au ventre. Elle me fait passer une échographie.

Quand je vois à l'écran le petit bout qu'est mon bébé, je suis tellement émue que mes yeux se remplissent instantanément de larmes. Tout a l'air plus réel maintenant.

Je suis enceinte de 8 semaines. Le médecin me rassure en me disant qu'elle ne voit rien d'anormal et que le bébé se fait surement sa place. Elle me dit que les douleurs que j'ai sont des douleurs ligamentaires dues à la grossesse.

Rassurée, je reprends la direction de l'université. A la fin de la journée, je tombe sur Andrew.

- Alors ?
- Bébé à bord, dis-je en pointant mon ventre du doigt.

Andrew est surexcité.

- Ça alors ! Keysia, c'est génial ! S'exclame-t-il tout heureux. Mais attends, laisse-moi deviner, tu l'as dit à ton mari et ça s'est mal passé ?
- Non, je ne lui ai rien dit du tout et je n'ai pas la force de le faire.
- Voyons ma belle, il va bien falloir le faire !

Je lui explique ce qui s'est passé quand je m'apprêtais à annoncer ma grossesse à Max.

- Je préfère attendre avant de lui en parler.
- Tu sais que tu peux compter sur moi si tu as besoin de quoi que ce soit, n'est-ce pas ?
- Je sais Andrew, merci infiniment. Tu n'imagines même pas à quel point ça me fait du bien d'avoir quelqu'un à qui parler.
- Essaie de te ménager tout de même, tu as l'air épuisée.

J'acquiesce et lui promets de faire attention.

- Comment va Izy ?
- Cette jolie poupée se porte comme un charme.
- Tu n'oublieras pas de l'embrasser de ma part ?

Andrew hoche la tête, me fait un clin d'œil et s'en va.

Chapitre 17

Keysia

Les jours qui s'ensuivent, je m'évertue à cacher ma grossesse. Ma mère n'a pas mis longtemps à me démasquer. Je me suis grillée toute seule !

Elle m'a regardée bizarrement lorsque je lui ai dit que l'odeur de son parfum m'était insupportable. Le comble a été lorsque sa fameuse tarte aux fraises que j'adore n'est pas passée. Rien que l'odeur m'a rendue malade.

Ma mère s'est mise à sautiller de bonheur dans tous les sens et s'est jetée dans mes bras. Elle était folle de joie à l'idée de devenir grand-mère.

Je lui ai expliqué que Max n'était pas encore au courant et que c'était une surprise que je lui ferai le jour de son anniversaire. Je ne sais pas pourquoi je lui ai raconté une chose pareille alors que je ne sais toujours pas quand est-ce que je vais l'en informer.

Je suis dans ma dixième semaine et mon ventre, sans s'être arrondi, commence néanmoins à se dessiner et former une légère protubérance.

Je me cache de mon mari, j'évite du mieux que possible qu'il me voie dévêtue de peur que la couleur plus foncée de ma poitrine ou que la ligne brune qui commence à apparaître sur mon ventre ne me trahisse. J'avais lu quelque part qu'elle n'apparaissait pas avant plusieurs mois. Il faut croire que ça dépend des personnes.

Heureusement, je n'ai plus du tout vomi depuis la dernière fois dans ce restaurant avec Andrew. J'arrive à gérer mes nausées. Max ne s'est rendu compte de rien et j'imagine que c'est parce que je l'évite au maximum et que ça fait des semaines qu'on n'a pas partagé de moment d'intimité.

J'ai pris mes distances vis-à-vis de lui depuis notre dernière grosse dispute et de son côté, bien qu'étant à mes petits soins, il n'a rien forcé. Tant mieux comme ça !

Depuis que j'ai dormi dans la chambre d'amis, j'y ai élu domicile. Max a essayé de me faire changer d'avis, puis s'y est lui-même invité mais je l'ai gentiment mis à la porte de la chambre.

Je dois reconnaitre que ses multiples déplacements à l'étranger de ces dernières semaines m'ont bien arrangée. Ça a été plus facile de me tenir éloignée de lui. Il s'est glissé dans mon lit à plusieurs reprises mais j'ai réussi à lui échapper en prétextant que la grippe persiste ou en le congédiant tout simplement. Il boude mais je n'en ai que faire.

De toute façon, avec mes fréquentes douleurs au ventre, faire des galipettes n'est pas ce qui m'enthousiasme le plus en ce moment.

Je ne sais pas ce que j'attends pour le mettre au courant de ma grossesse. Peut-être que j'espère simplement qu'il abordera spontanément le sujet de la fin imminente de notre mariage et que je serai enfin fixée.

J'ai trop peur d'être plus déçue que je ne le suis déjà. Et s'il me demandait de me faire avorter ? J'en deviendrais malade. Je prendrais sans doute mes jambes à mon cou. Et oui, dans environ deux mois, ça fera un an que nous sommes mariés. Max touchera la totalité de son héritage et tout sera fini entre nous…

Mentalement, je me suis préparée pour la séparation. J'ai aussi commencé discrètement à chercher un appartement le plus loin possible de Lincoln Park. J'aimerais habiter un coin tranquille aux airs de campagne.

Je soupire puis sors de mes pensées.

L'odeur du bain à la lavande que je me suis fait couler commence à me détendre. J'en avais besoin. Ma poitrine commence déjà à me faire souffrir. Quand je pense que je n'en suis qu'à ma dixième semaine, je me demande ce que ça sera d'ici quelques mois !

Ce bain me fait un bien fou à tel point que, la tête posée sur le rebord de la baignoire et les yeux fermés, je m'endors légèrement quelques instants.

- Bonsoir.

Mes yeux s'ouvrent et je sursaute en voyant Max accroupi à côté de la baignoire, tout près de moi. Il se rapproche et nos visages sont si proches qu'ils se touchent presque. Comment nier qu'il m'a manqué ? Il se penche et m'embrasse. Son baiser est si tendre que j'en frissonne.

- Tu vas mieux ? Murmure-t-il à proximité de mes lèvres, ses yeux de braise plongés dans les miens.

L'espace d'un instant, je suis si troublée par sa proximité que mon cerveau ne comprend pas tout de suite le sens de sa question. Ensuite, je me souviens avoir prétexté avoir la grippe.

- Ah oui, la grippe. Ça va mieux oui, merci.

Je suis restée trop longtemps dans le bain et je commence à avoir les jambes engourdies. Mince ! Il va falloir que je sorte de cette baignoire, mais pas devant Max. Je suis persuadée qu'il comprendra très vite mon état s'il me voit en tenue d'Eve ! Je croise très fort les doigts pour qu'il sorte de la salle de bain.

Gagné ! Il se relève et de sa démarche féline, quitte la pièce.

Précautionneusement, je me tiens aux rebords de la baignoire et en sors tout doucement. Je mets mon peignoir et suis surprise de voir que Max est encore dans ma chambre. Il est debout près de la fenêtre, le regard perdu dans le vide.

- Est-ce que tout va bien ?

Il se retourne vers moi l'air grave.

- J'ai quelque chose à t'avouer.

Mon cœur fait un bon dans ma poitrine. Est-ce qu'on va enfin aborder LE sujet sensible ?

- A propos de ?
- A propos de ton père.
- Mon « père » ?

Max acquiesce d'un signe de tête et se passe nerveusement les mains dans les cheveux.

- Je ne sais pas quelle sera ta réaction après ce que je vais te dire. Peut-être que tu m'en voudras ou qu'au contraire tu seras heureuse…
- Crache le morceau !

Il prend une profonde inspiration et vient me tenir les mains.

- J'ai retrouvé les traces de ton père Keysia.

Mon cœur s'arrête de battre. Bouleversée et les jambes tremblantes, je m'assois sur le lit en essayant de faire pénétrer cette information dans mon cerveau.

- Tu l'as « retrouvé » ? Comment… ?
- Oui. Tu te souviens qu'un jour dans nos discussions je t'ai demandé les détails de la rencontre de tes parents ?

J'acquiesce, je ne sais pas du tout où il veut en venir.

- Eh bien…j'ai fait ma petite enquête et…
- Tu as fait quoi ?

Je ne lui ai jamais rien demandé ! Il aurait dû demander mon avis avant de faire ça. Cet homme nous a abandonnées ma mère et moi alors pour quelle raison j'aurais envie de savoir quoi que ce soit à son sujet ?

- Je sais que je n'avais pas le droit de le faire sans ton accord mais j'étais persuadé que c'était important pour toi.
- Ce n'est pas à toi de décider ce qui est bon pour moi ! Cet homme m'a abandonnée ! Il n'a jamais cherché à savoir si j'étais morte ou vivante !

Max vient s'asseoir à côté de moi et me prend la main. Il a l'air désolé.

- J'aurais dû te demander ton avis avant, je le sais. Je suis désolé, je pensais bien faire.

Il m'attire contre lui et je pose ma tête contre son épaule.

- Tu ne connais même pas son nom, comment as-tu pu le chercher ? Dis-je la voix tremblante une fois le choc atténué.
- Je sais que tu trimballes une vieille photo de ta mère et lui. Il m'a suffi d'identifier les lieux, les époques et tout le reste a été fait par un détective privé.

Je suis étonnée qu'il se soit donné tout ce mal pour moi.

- Tu as pris un détective privé pour ça ?

Il acquiesce et embrasse mes cheveux.

- Tu t'es donné tout ce mal pour moi...

Il me détache légèrement de son épaule, relève mon menton et viens plonger ses yeux dans les miens. J'y perçois une lueur que je n'avais jamais remarquée auparavant.

- Je tiens à toi Keysia, je tiens énormément à toi et je suis prêt à tout pour que tu sois heureuse.

Cette phrase me touche profondément. Il m'embrasse le front et me ramène contre son torse. Je me blottis contre lui et il me serre dans ses bras.

Une question me brûle les lèvres et je finis par demander.

- Est-ce qu'il est vivant ?
- Oui.
- Où vit-il ?
- A Saint Louis dans le Missouri depuis une vingtaine d'années.
- Je n'en reviens pas, mon père habite à moins de 300 miles depuis tout ce temps.

Quand je pense à toutes ces années où je me suis imaginée parlant avec lui...

- Il est veuf et n'a pas eu d'autre enfant à part toi. Le détective m'a donné son adresse ce matin. J'ai voulu t'en parler avant d'aller plus loin.

Je ne sais pas quoi faire. Le père que j'ai attendu tant d'années est si proche. Que penserait maman de tout ça ? Ai-je le droit d'aller le rencontrer ? Ne serait-ce pas trahir ma mère qui s'est dévouée corps et âme, m'élevant seule durant tant d'années ?

- Laisse-moi un peu de temps pour y réfléchir s'il te plaît.

Max acquiesce.

La nuit, je ne dors pas. Je pense à mon père, cette autre part de moi...

Quelques jours plus tard, l'idée a fait son chemin dans mon esprit. J'ai envie de le rencontrer. Je suis persuadée que je regretterai un jour si je ne le fais pas.

Je me gare devant la maison de ma mère. Elle va beaucoup mieux maintenant et ne retourne à l'hôpital que lorsque ses soins l'exigent.

Maman m'ouvre la porte, un énorme sourire aux lèvres. Je suis contente de la voir. Je trouvais que la maladie l'avait vieillie avant l'âge mais maintenant elle a repris des couleurs, je la trouve même coquette.

- Entre ma chérie, me dit-elle en s'effaçant pour me laisser entrer. Je t'ai préparé la tarte au citron que tu préfères, tu n'as pas l'air de te nourrir convenablement. J'espère que cette fois ça passera, ajoute-t-elle en m'adressant un clin d'œil.

Sacrée maman ! Je passerais mes journées à m'empiffrer si ça ne tenait qu'à elle. Je m'installe et elle me sert cette fameuse tarte au citron que je trouve délicieuse. Je la dévore avec appétit et en redemande. Ma mère se moque gentiment de moi et me montre une photo de ce à quoi elle ressemblait quand elle me portait dans son ventre. C'est fou comme je lui ressemble !

- A partir de quand ta grossesse a commencé à devenir vraiment évidente ? Je veux dire au point d'être suffisamment visible pour ne plus pouvoir être dissimulée ?
- Oh ! Très vite ma chérie, à 4 mois j'avais déjà un petit ventre bien visible.

Je souris, pensive.

- Max et toi ça va ?
- Oui, tout va bien, m'empressé-je de dire.

Je sais que je mens très mal et que ma mère a dû comprendre depuis longtemps que notre relation ressemblait à une succession de montagnes russes.

- Quel que soit ce qui se passe entre vous deux, n'oublie jamais les moments de bonheur que vous avez vécus. D'accord ?

Elle sait lire en moi, même quand je ne dis rien. Je hoche la tête.

- Est-ce que tu lui as enfin dit qu'il allait être papa ?
- Non je...je ne lui ai encore rien dit.

Je m'attends à ce que ma mère me fasse une réflexion, un commentaire ou me donne un conseil, mais elle ne dit rien d'autre à ce sujet.

- Tu as encore faim ?
- Non, ça ira. Je ne vais plus pouvoir marcher si tu continues à me gaver comme ça chaque fois que je viens ici.

Nous parlons ensuite vêtements de bébé jusqu'à ce que je me décide à aborder l'objet de ma visite.

- Maman, est-ce que tu as eu des nouvelles de mon père depuis qu'il t'a quittée ?

Ma mère se raidit, détourne le visage et se lève de table. Elle semble très mal à l'aise.

- Je te l'ai dit ma puce, il n'a plus donné signe de vie.
- Parle-moi de lui.

Elle paraît étonnée que je revienne sur ce sujet que nous n'avions pas abordé depuis si longtemps.

- Qu'est-ce que tu veux savoir ?

Ma mère a l'air triste comme lorsque j'étais enfant et que je lui demandais quand est-ce que mon père allait venir.

- Tout ce que tu sais de lui.
- Keysia…
- S'il te plaît maman, j'ai besoin de savoir, lui dis-je la voix presque suppliante.

Maman capitule et me parle de lui, plus en détail que lorsque j'étais enfant. Je décide finalement de ne rien lui dire, de ne pas lui dire que Max l'a cherché et retrouvé. C'est mieux comme ça pour le moment. Elle risque d'être en panique, je la connais.

Chapitre 18

Keysia

- Ça va aller ? Me demande Max inquiet.

Mon cœur bat tellement que j'ai l'impression qu'il va s'échapper de ma poitrine.

- Je crois, dis-je avec un sourire nerveux. Est-ce que je suis présentable ?

Mon mari me présente un sourire attendri et me caresse la joue.

- Tu es magnifique, crois-moi.

J'ai l'impression d'être à nouveau cette fillette de 5 ans qui, vêtue de ses plus beaux vêtements, venait se poster à la fenêtre le soir de Noël en espérant que son papa débarquerait et la prendrait dans ses bras.

Aujourd'hui, je vais vraiment le rencontrer.

- J'espère qu'il viendra, dis-je anxieuse.
- Il a promis d'être là. S'il ne l'est pas, je le tuerai de mes propres mains, me dit-il les yeux plongés dans les miens.

Max a tout arrangé. Il est allé rencontrer mon père dans le Missouri et lui a parlé de moi. Il m'a dit que l'homme avait pleuré puis demandé à me rencontrer sans tarder. Il est arrivé à Chicago hier soir et cet après-midi nous allons nous rencontrer. On a choisi le grand parc comme lieu de rencontre. Pourquoi ? Parce que Max a insisté pour que ça soit dans un endroit public mais qui laisse suffisamment d'espace pour que nous puissions discuter tranquillement.

J'étais anxieuse à mourir mais mon mari a su me rassurer. Je ne le remercierai jamais assez.

- Allez, c'est l'heure vas-y. Je reste dans les parages. S'il y a quoi que ce soit tu m'appelles, d'accord ?

Max prend mon visage entre ses deux mains et m'embrasse comme pour me redonner du courage. Quand il me lâche, je me tourne en direction du parc puis revient sur mes pas et l'embrasse à nouveau.

- Je t'aime Max, lui dis-je en plongeant à nouveau mes yeux dans les siens.

Il a l'air surpris et ému. Je souris puis me tourne en direction du parc sans attendre de réponse. Demain, il fêtera ses 31 ans. J'ai prévu lui annoncer enfin qu'il va bientôt être papa. Ces derniers jours, il m'a prouvé de tant de façons qu'il tenait à moi ! J'ai le sentiment que mes dernières barrières ont cédé les unes après les autres…

Je m'avance vers le parc, à la place que m'a indiquée Max. Un homme grand, 1m85 environ, la cinquantaine et les cheveux poivre sel y est assis.

Je déglutis difficilement, mes jambes tremblent et je peine à contenir mon émotion. Je respire un bon coup pour me ressaisir puis m'avance vers lui.

Comme s'il avait senti ma présence, son regard se tourne dans ma direction. Nos regards se croisent et je constate que ses yeux sont aussi verts que les miens. Il me sourit et deux fossettes identiques aux miennes apparaissent aux creux de ses joues. J'avais tellement rêvé de ce moment…

Quand j'arrive à sa hauteur, nous nous fixons pendant d'interminables secondes puis il parle en premier.

- Bonjour Keysia.

Je ne sais pas comment l'appeler : Monsieur ? Papa ? Joe ? J'avais répété cette scène dans ma tête un million de fois mais sur l'instant je suis à court.

- Bonjour, finis-je par dire en lui tendant mes doigts frêles.

Je me sens soudain toute petite à côté de lui. Il tend ses grands doigts et serre ma main en une poignée qui m'électrise. La sensation de sa peau contre la mienne m'est à la fois inconnue et familière, comme si c'était une partie de moi.

Nous nous asseyons. Un bref silence s'installe. J'imagine que comme moi, il cherche encore quoi dire. J'ai tant de choses à lui demander, mais j'ai peur que mes émotions prennent le dessus et que je commence à me braquer, alors je laisse les choses venir.

- J'ai rêvé de ce moment durant des années tu sais, finit-il par me dire.

J'ai du mal à y croire. Pourquoi me ment-il de cette façon d'entrée de jeu alors qu'il n'a jamais pris contact avec ma mère ne serait-ce qu'une fois pour me rencontrer ?

- Pourquoi nous avoir abandonnées ? lui demandé-je de but en blanc sans pouvoir masquer ma frustration.

Il reste silencieux un moment le regard perdu dans le vide puis se râcle la gorge et me regarde de ses grands yeux verts.

- Quand j'ai rencontré Emma, nous avions tous les deux à peu près ton âge. J'étais fiancé à une jeune femme que je n'aimais pas. Mes parents me mettaient la pression pour que je l'épouse parce que nous étions du même milieu social. Je n'ai pas eu suffisamment de cran pour les affronter, totalement stupide et effrayé à l'idée d'être renié.

Son regard se voile de tristesse et il baisse les yeux.

- J'ai rencontré ta mère un été lors d'un concert.

Son visage s'éclaire soudain quand il commence à parler à nouveau de maman.

- Emma était un véritable rayon de soleil et une boule d'énergie. Elle était...tellement spontanée, vraie et franche, tellement différente du monde hypocrite dans lequel j'évoluais. Je suis immédiatement tombé amoureux d'elle. Mes parents ont appris que j'avais une relation avec elle et mon père a menacé de lui faire du mal.

- Il en aurait été capable ?

- Oh oui ! Mon père trempait dans des affaires louches et faire du mal aux autres lui importait peu à cette époque. Il ne pensait qu'à ses intérêts et voulait à tout prix que j'épouse ma fiancée pour une question d'alliance financière.

Ce n'est pas pareil du tout mais je ne peux m'empêcher à cet instant de penser à la façon dont Max et moi nous sommes mariés, pour des raisons financières.

Mon père poursuit.

- J'ai alors pris la décision de rompre avec ta mère. Je savais que ma famille ne l'accepterait jamais et que rester avec elle signifiait me mettre ma famille à dos et nous attirer tous les ennuis possibles dans lesquels mon père était capable de nous mettre. Quand je l'ai vue, elle m'a dit qu'elle était enceinte. Comme un imbécile et un lâche, j'ai eu peur et je l'ai abandonnée. J'étais persuadé qu'elle était plus en sécurité et mieux sans moi.

Je suis suspendue à ses lèvres. Il s'interrompt, soupire, puis poursuit.

- Au fil du temps je me suis rendu compte que derrière mon pseudo désir de vous protéger elle et toi, se cachait tout simplement une grosse lâcheté et la peur de prendre des risques.

Face à ses révélations, je ne sais quoi lui dire. L'accuser d'être un lâche ? Il l'a déjà fait lui-même.

- Pourquoi ne pas avoir cherché à me connaître plus tard?

Il me fixe l'air surpris.

- Ta mère ne t'a rien dit ?
- Me dire quoi ?

Il s'éclaircit la voix qui commençait à devenir un peu rauque puis poursuit.

- Je vous ai cherchées et retrouvées. A l'époque, tu avais 10 ans et vous habitiez Kansas City dans une petite maison près d'un magnifique jardin de magnolias. J'avais donné rendez-vous à ta mère dans un café du centre-ville et nous avons longtemps parlé de toi. Le soir-même, tu fêtais ton anniversaire alors j'ai décidé de venir te rencontrer ce jour-là. J'ai frappé à la porte et ta mère m'a ouvert. J'ai demandé à te voir mais elle a refusé et m'a demandé de ne plus jamais revenir. Quand je suis revenu quelques jours plus tard, vous étiez parties.

Non ce n'est pas possible.

- Ça ne peut pas être vrai, maman ne m'en a jamais parlé. Elle m'a dit que tu n'avais jamais cherché à me voir.
- Ce jour de tes 10 ans, depuis l'entrée je t'ai aperçue à l'intérieur de la maison. Tu étais tellement magnifique ! Tu portais une robe aussi verte que tes yeux. Elle était assortie à la barrette à pois qui retenait tes beaux cheveux blonds. J'ai gravé cette image dans ma mémoire.

Les détails qu'il décrit sont vrais. J'ai encore la photo de ce jour-là. Je n'en reviens pas, ma mère m'a menti tout ce temps… Je me sens trahie.

- J'ai repris contact avec ta mère un nombre incalculable de fois. Elle ne m'a jamais laissé te rencontrer et a fini par me dire que tu ne souhaitais pas me voir.

Comment maman a-t-elle pu me faire une chose pareille ? Je suis tellement bouleversée et en colère que je commence à avoir des palpitations. Je me tiens la poitrine et la frotte doucement comme si cela pouvait m'apaiser.

- Est-ce que ça va ?

Non, ça ne va pas ! J'ai la nausée tellement je suis déçue par l'attitude de ma mère.

- Comment a-t-elle pu me faire une chose pareille ? Je t'ai attendu pendant des années, tu n'imagines pas à quel point je souffrais.

Mon père semble hésiter par peur de ma réaction puis finit par poser sa main sur la mienne.

- N'en veux pas à ta mère. J'imagine qu'elle pensait te protéger en faisant cela. Je vous avais abandonnées et je sais que je n'avais pas le droit de m'imposer dans vos vies.
- Je sais, dis-je la vue embuée par les larmes, mais elle m'a menti...
- C'est à moi que tu dois en vouloir, je vous ai fait tellement de mal ! Je te demande pardon.

Une émotion que je ne peux expliquer traverse tout mon être. J'ai tellement rêvé de ce moment.

- Papa..., dis-je en sanglotant.

Je ne peux me retenir et me jette dans ses bras. Sa chaleur me fait un bien que je ne pourrai jamais décrire clairement. C'est un peu comme si des morceaux de moi se recollaient.

- Je te demande pardon ma chérie.

Nous pleurons tous les deux pendant un moment. J'ai du mal à le lâcher. Dans ses bras je me sens en sécurité.

- Merci, me murmure-t-il quand je le lâche enfin, merci d'avoir accepté de me voir. Tu es une magnifique jeune femme et je suis fier d'être ton père ! Je ne pourrai jamais effacer le passé mais pour le temps que la vie nous donnera, je te promets de tout faire pour ne plus jamais te décevoir.

Ses mots me réchauffent le cœur. Je suis tellement heureuse !

- Max ton mari, c'est un chouette type, ajoute-t-il.
- C'est vrai, il a bon cœur et est aux petits soins avec moi.
- Est-ce que tu es heureuse avec lui ?

Je mentirais si je disais que non. Nous avons certes quelques détails à clarifier mais oui je suis heureuse avec lui, au point où je n'ai pas du tout envie que ça se termine entre nous.

- Oui, je suis heureuse papa.

Il paraît ému que je l'appelle papa et me sourit tendrement.

- Est-ce que je suis grand-père ?

Je me souviens à cet instant du petit être qui grandit dans mon ventre. Max n'est pas au courant alors je devrais surement attendre avant d'annoncer la nouvelle à mon père mais devant son regard plein d'espoir, je ne parviens pas à résister. Je porte la main à mon ventre et le regarde en souriant.

- Tu attends un enfant ?
- Oui, lui dis-je tout émue.
- Oh, c'est merveilleux !

Ses yeux sont pleins de larmes et il me prend encore une fois dans ses bras.

- Max n'est pas encore au courant, alors n'en parle pas s'il te plaît.
- Comment ça se fait ?
- C'est une longue histoire, je te raconterai un jour. Je lui réserve la surprise pour demain.

Sans demander plus, mon père acquiesce et me remercie encore une fois pour cette seconde chance. Nous nous promettons de nous appeler et de nous voir souvent.

J'appelle Max pour lui dire qu'on a fini et on se donne rendez-vous à l'entrée du parc. Quand je le vois venir à notre rencontre, mon cœur danse dans ma poitrine. Je suis entourée des deux hommes de ma vie, que demander de plus ?

Plein de reconnaissance, mon père prend Max dans ses bras.

- Merci mon garçon. Dieu te bénisse.
- Je vous en prie Joe, lui répond-il à son tour.

Quand il le relâche, papa nous regarde tour à tour et nous dit avec un grand sourire :

- Vous êtes le plus beau couple que j'aie jamais vu !

Il nous adresse un clin d'œil, m'embrasse et s'en va. Je suis sur un petit nuage…

∞ ∞ ∞

Quand nous avons quitté le parc, j'ai demandé à Max de me déposer chez ma mère.

- Ne sois pas trop dure avec elle, me dit-il avant que je ne descende de la voiture.
- Elle m'a menti.
- Je sais, mais n'oublie pas à quel point elle compte pour toi et n'oublie surtout pas que tu as failli la perdre. Certains mots sont difficiles à effacer alors vas-y doucement avec elle pour ne rien regretter, d'accord ?

Il parle si sagement. J'ai l'impression de ne pas avoir en face de moi le Max que j'ai connu des années avant.

J'acquiesce et descends de la voiture. Je frappe à la porte et quand ma mère vient m'ouvrir, ce n'est pas mon habituel sourire affectueux qui l'accueille.

- Bonsoir maman.
- Entre ma chérie. Tout va bien ?

Je rentre et m'assois.

- Je viens de rencontrer papa.

Sous l'effet du choc, le plat qu'elle tient en main lui échappe. Heureusement, il était vide et peu fragile.

- Que…comment ? Balbutie-t-elle.
- Pourquoi m'avoir menti pendant tout ce temps maman ?

Elle tremble et son visage perd soudain ses couleurs.

- Pourquoi m'as-tu caché qu'il essayait de me voir durant toutes ces années ?

Ma mère a le même tic que moi, elle se tortille les doigts quand elle est stressée ou nerveuse.

- J'avais peur..., me répond-elle le regard voilé de larmes.
- Peur de quoi ?
- Je ne voulais pas que tu sois déçue. Il nous avait abandonnées une fois et je n'avais aucune confiance en lui. Je ne voulais pas qu'il débarque dans ta vie en te donnant de faux espoirs pour ensuite disparaître à nouveau.
- Ce n'était pas une raison! Tu aurais dû me laisser le choix.

Elle essaie de me toucher l'avant-bras mais je suis tellement déçue que je m'écarte.

- Keysia, un jour tu seras mère et tu comprendras.
- Comprendre quoi ? Que tu aies voulu me garder pour toi toute seule ?
- N'est-ce pas ce que tu es toi-même en train de faire avec ce bébé que tu portes et Max ? Tu lui caches ta grossesse par crainte de sa réaction, non ? Je suis ta mère, je te connais.

Mes yeux se lèvent vers elle. Je suis surprise.

- Tu me crois naïve à ce point ? Tu disais le détester puis du jour au lendemain vous tombez amoureux, vous vous mariez, ensuite tous mes soins sont pris en charge !

Je n'en crois pas mes oreilles, comment est-ce possible qu'elle ait compris ce qui se passait entre Max et moi ? C'était si évident que ça ? Peu importe, il ne s'agit pas de moi.

- Ce n'est pas de moi qu'il s'agit maman, ne détourne pas la discussion.
- Je ne détourne rien ma fille. J'essaie simplement de te rappeler qu'une mère est parfois prête à tout pour protéger son enfant et pour protéger son cœur.

J'en ai assez entendu. Je me lève et sors de chez elle. Je m'attendais au moins à ce qu'elle regrette de m'avoir menti pendant des années, mais visiblement ce n'est pas le cas, elle n'a aucun regret.

Quand je sors de la maison, Max m'attend adossé à la voiture.

Je me jette dans ses bras en pleurs. Il me serre contre lui et me caresse les cheveux en tentant de m'apaiser.

Nous remontons ensuite dans la voiture pour rentrer à la maison.

Sur le chemin du retour, je reste silencieuse. Max non plus ne dit rien, il a dû comprendre que j'avais besoin de calme.

A une dizaine de minutes de l'appartement, je commence à avoir mal au ventre de nouveau. Je me cramponne discrètement à mon siège en essayant de gérer la douleur du mieux que possible. J'essaie tant bien que mal de faire semblant d'aller bien pour ne pas inquiéter Max.

Ces douleurs commencent vraiment à me faire peur. Le médecin m'avait assuré que ce n'était rien de grave mais je ne peux m'empêcher d'être inquiète. Je commence tout à coup à avoir peur de perdre le bébé puis chasse ces horribles pensées de mon esprit.

Demain, j'entrerai dans ma douzième semaine de grossesse, soit mon troisième mois. Je prie intérieurement que cette grossesse arrive à terme. Ce bébé je le veux, je le désire plus que tout. Si les douleurs continuent, j'irai consulter.

Demain soir, je dirai tout à Max. Ce soir je n'en ai pas la force, cette journée a été trop riche émotionnellement. Je suis heureuse d'avoir retrouvé mon père mais je me sens mal de m'être disputée avec ma mère. Même si je l'aime, j'ai du mal à lui pardonner.

Sans que je puisse le retenir, un gémissement de douleur s'échappe de mes lèvres au moment où nous atteignons le parking de l'appartement. C'est une douleur vive et lancinante.

- Keysia, est-ce que ça va ?

Je m'agrippe à ses doigts en attendant que la douleur passe. Max est fou d'inquiétude.

- Une crampe d'estomac, lui dis-je.

Il n'a pas l'air convaincu. Il descend de la voiture et m'ouvre la portière. Il veut me prendre dans ses bras pour m'aider à monter mais je refuse. La douleur était vive et aigue mais brève. Ça va déjà mieux.

- Tu es sure ?
- Oui, je peux marcher ne t'inquiète pas. J'ai été tellement exposée au stress aujourd'hui que ça m'a rendue malade.

Il ne dit rien et me prend la main. Nous montons dans l'appartement et je vais directement me coucher car je suis très fatiguée.

Plus tard, la douleur ne réapparaît pas. Je suis soulagée. Surement un des innombrables maux de grossesse. Max me rejoint peu de temps après et m'enlace tendrement.

Demain la journée sera longue. Il fêtera ses 31 ans et moi je lui apprendrai une nouvelle qui changera sans doute sa vie.

Chapitre 19

Max

Je regarde ma femme dormir. Hier j'étais mort d'inquiétude. Elle n'a pas l'air d'aller bien ces derniers temps. Elle paraît plus fragile. Il y a tout un tas de vilains virus qui circulent en ce moment à Chicago, j'espère qu'elle n'a rien attrapé de bien méchant.

J'aime Keysia. Je l'aime vraiment.

Ce n'est ni de l'affection ni uniquement du désir que je ressens pour elle. J'ai arrêté de me voiler la face. J'ai mis longtemps à me l'avouer mais je suis fou amoureux d'elle et je crois que ça ne date pas d'aujourd'hui...

Il est hors de question que je laisse mes blessures passées et la peur d'être déçu gâcher ma vie. Ça serait stupide de laisser filer la femme de ma vie à cause des erreurs d'une autre.

Hier, quand devant le parc avant de rejoindre son père, elle m'a dit qu'elle m'aimait, j'ai ressenti un tel soulagement ! Je craignais que mes sentiments ne soient pas partagés mais j'ai été rassuré. Je n'ai pas eu le temps de lui dire à mon tour à quel point je suis fou d'elle car elle est partie en hâte. Ensuite, les choses ne se sont pas bien passées avec sa mère comme je le craignais, puis elle s'est sentie mal.

Je n'imagine plus ma vie sans elle. Je ne remercierai jamais assez le ciel de m'avoir donné une femme comme elle et je ne remercierai jamais suffisamment mon grand-père et Nate. C'est grâce à eux que tout ceci est arrivé.

Mon grand-père avait beau être un peu excentrique, il ne faisait jamais rien au hasard. Il me manque énormément. J'aurais aimé qu'il soit là, j'aurais aimé qu'il connaisse Keysia. Il l'aurait adorée ! Lane n'aurait pas hésité à lui livrer toutes mes faiblesses pour être bien sûr qu'elle me fasse flancher. Cette pensée m'arrache un sourire.

Je lui suis reconnaissant de m'avoir imposé toutes ces conditions à l'héritage. C'est vrai que les choses ont été compliquées entre ma femme et moi pendant un moment mais nous arrivons petit à petit à trouver notre équilibre. Les choses iront surement de mieux en mieux une fois que nous parlerons franchement de nos sentiments. J'ai prévu le faire ce soir après la fête qui est donnée pour mon anniversaire.

Pour lui démontrer que je lui fais confiance, je lui ai même dit qu'elle pouvait inviter Andrew son ami. Je sais qu'elle l'apprécie beaucoup et que mes accès de jalousie lui font de la peine. Elle était d'abord surprise et m'a ensuite pris dans ses bras.

Oh bien sûr ! Je suis toujours aussi jaloux de la complicité qu'elle a avec ce type, mais je veux lui faire confiance. Je ne veux pas que mes blessures passées soient un fardeau pour elle.

- Bonjour mon amour.

Ce n'est pas loin d'une déclaration d'amour mais je garde le final pour ce soir. Mes mots ont l'air de l'avoir étonnée.

- C'est la première fois que tu m'appelles comme ça.
- Il y a un début à tout Madame Ashford, dis-je en déposant un baiser affectueux sur le bout de son nez.

Ses yeux s'éclairent. Elle a l'air soulagée et rassurée.

- Ça va mieux ton ventre ? Demandé-je en essayant de toucher son ventre pour le frictionner comme ma mère le faisait avec moi quand enfant j'avais des coliques.

Keysia se hâte de saisir ma main et de la porter à ses lèvres.

- Beaucoup mieux merci.

Parfois je me demande ce qu'elle a. J'ai l'impression qu'elle se cache de moi ou qu'elle est complexée parce qu'elle a pris un peu de poids. Pourtant moi je la trouve hyper sexy comme ça ! Je ne lui fais pas la remarque de peur qu'elle ne se focalise sur le « tu as pris des formes » et ne transforme mon compliment en critique. Elle saute à mon cou.

- Joyeux anniversaire mon amour !
- Merci ! Et toi non plus tu ne m'avais jamais appelé comme ça.
- Il y a un début à tout, me répond-elle avec un clin d'œil.
- Tu m'as volé ma réplique !

Elle rit de bon cœur et je suis très heureux de la voir aussi joyeuse.

Quand le bonheur est à portée de main, pourquoi ne pas le saisir ? J'aime Keysia plus que tout et ce soir, je vais la demander à nouveau en mariage. Si elle veut bien passer sa vie avec moi, nous renouvèlerons nos vœux. Je veux m'endormir chaque soir à côté d'elle et me réveiller en sentant la douce odeur de sa peau blottie contre la mienne.

J'ai déjà tout prévu. Quand nous rentrerons de la soirée donnée dans la villa de ma mère, nous reviendrons ici et irons sur le toit de l'immeuble. Glenn m'a donné un coup de main. On l'a décoré sans que Keysia ne soit au courant. On y a créé une atmosphère romantique qui rappelle un peu notre séjour à Malibu, là où nous nous sommes rapprochés. Ma cousine avait peur que d'autres résidents y montent et abîment la décoration mais je lui ai dit qu'il n'y avait aucun souci à se faire. Je me suis arrangé de ce côté-là aussi.

Ce soir, ça va être un nouveau départ.

La journée passe assez rapidement et l'heure de la soirée arrive très vite.

C'est maman qui a tout organisé. Je ne voulais absolument pas de fête d'anniversaire cette année mais comme toujours, ma mère l'emporte ! J'appréhende déjà. Elle fait toujours tout en grand et j'ai peur qu'on se retrouve avec autant de monde qu'à un concert des Rolling Stone !

Keysia porte une magnifique robe mi longue et évasée. Elle est certes sublime, mais je la réprimande tout de même.

- Tu n'as pas à cacher tes jolies formes ma chérie, elles te vont à merveille ! Je te trouve encore plus sexy.

Elle fronce les sourcils l'air étonnée l'espace d'un instant puis ses yeux s'agrandissent et elle fait mine de me balancer son sac à la figure.

- Tu veux dire que j'ai grossi ?
- Je veux juste dire que tu as pris des formes là où il faut et que j'adore ça.

Je me rapproche et l'embrasse.

- Tu es canon, dis-je en ne quittant pas sa poitrine des yeux. Je rêve ou tes seins ont pris du volume?

Keysia rougit.

- Tu devrais être heureux non ?
- Oh, ne t'inquiète pas pour ça ma chère, j'en suis très heureux ! Dis-je le regard lubrique.
- Espèce de pervers ! Me taquine-t-elle en me tapant l'épaule.
- Hey ! Tu vas froisser mon smoking ! N'oublie pas que je suis à l'honneur aujourd'hui alors pas de violence.

Elle rit de bon cœur puis glisse sa main autour de mon avant-bras et nous partons chez ma mère. Ce soir, je suis heureux.

Quand on arrive chez maman, je ne peux m'empêcher de sourire. Elle a effectivement fait les choses en grand. Presque tous mes amis les plus chers sont là et toute la famille aussi, à l'exception de Brandon heureusement.

Dès que nous arrivons, Keysia fait sensation auprès de tous. Tout le monde la trouve magnifique.

- Je vais finir par être jaloux, tu es en train de me voler la vedette !
- Ah ça, je n'y crois absolument pas ! Vu comment te regardent la plupart des filles présentes ici, tu fais beaucoup plus d'effet que tu ne veux l'avouer. C'est moi qui vais finir par mourir de jalousie.

Nous avons salué presque tout le monde et sommes debout un peu à l'écart lorsqu'un couple d'amis s'approche de nous et nous complimente avant de s'éloigner. Keysia et moi formons l'un des plus beaux couples de Chicago d'après eux.

- Tant mieux, parce que je n'ai pas l'intention que ça se termine, murmuré-je doucement à l'oreille de ma femme avant de déposer un baiser sur sa joue.

Elle se retourne vivement vers moi, probablement surprise par ce que je viens de lui révéler. Quand elle plonge ses magnifiques iris verts dans les miens, je me dis à nouveau que je suis un sacré veinard.

- Qu'est-ce que...qu'est-ce que tu viens de dire ?
- Je n'ai aucune envie que ça se termine entre nous deux, dis-je les yeux arrimés aux siens. Je n'ai pas l'intention de te laisser partir Keysia. J'ai du mal à imaginer ma vie sans toi.

Des larmes emplissent ses yeux. L'une d'elles s'échappe et roule sur sa joue. Je tends mon pouce pour l'essuyer, je n'aime pas la voir pleurer. Pourtant, la lueur qui danse dans ses yeux me rassure, elle pleure non pas de tristesse mais d'émotion. Elle a l'air rassurée.

- Max, j'ai quelque chose à t'avouer, je...

Keysia titube légèrement, comme prise d'un vertige soudain et s'agrippe à moi.

- Hey ma puce, ça ne va pas ?
- Tout va bien, me répond-elle avec un sourire qui se veut rassurant. Juste un petit vertige, probablement une hypoglycémie. Je n'ai pas mangé grand-chose depuis hier.
- Viens, il faut que tu t'asseyes.

Je l'aide à s'assoir sur une chaise pas loin.

- Je vais aller te chercher quelque chose à manger.
- Tout va bien, va rejoindre tes amis. Tiens regarde, Glenn est là, elle va s'en occuper, ne t'inquiète pas.

Je me retourne et vois arriver plusieurs de mes cousines.

- Tu avais quelque chose à me dire ? Demandé-je inquiet.
- Ça peut attendre.

Je m'apprête à insister mais mes cousines nous ont déjà rejoints.

- Hey Max, lâche un peu ta femme. On ne va pas te la piquer ! Lance une voix derrière elles.

C'est Daniel, un vieil ami. Je sais qu'il plaisante, mais sa blague ne me fait vraiment pas rigoler. Bref ! Je laisse Keysia avec mes cousines et me laisse entrainer vers une bande d'amis que je n'ai pas revus depuis longtemps.

Comme je n'ai pas fêté mes 30 ans, ma mère a tout misé sur les 31. Super décoration inspiration vintage, ambiance bon enfant... Mes cousins, mes potes et moi nous amusons comme des fous. L'atmosphère est très conviviale ce soir.

Entouré de plusieurs amis qui racontent des blagues, je regarde tout autour pour essayer de repérer ma femme. Elle est au milieu de quelques amies et cousines paternelles. Nos regards se croisent. Elle sourit pour me rassurer, elle a l'air d'aller mieux et n'a pas l'air de s'ennuyer.

Je jette un regard plus loin. Son ami Andrew est finalement venu. Je craignais qu'il ne lui tourne trop autour au point de me mettre à nouveau sur les nerfs mais ça va, il se tient bien et est entouré de filles qui ne cessent de rigoler à la moindre de ses blagues. Tant qu'il n'est pas dans les pattes de ma femme, ça me va.

Ce soir l'alcool coule à flots mais j'évite d'abuser, je veux rester suffisamment sobre pour la suite de notre soirée Keysia et moi.

Je remarque d'ailleurs qu'elle a l'air un peu fatiguée depuis un moment. Dès lundi, je l'emmènerai voir le médecin de gré ou de force. Je n'hésiterai pas à l'y trainer s'il le faut, car elle est têtue ! Elle n'a pas l'air bien mais essaie de faire bonne figure comme toujours.

J'espère seulement que ce n'est rien de grave et qu'il s'agit juste d'un coup de fatigue.

Quelques filles se glissent au milieu de notre bande de potes. Comme toujours, je me fais draguer avec insistance mais je repousse poliment leurs avances.

Lorsque j'aperçois ma mère passer à proximité de nous, je ne peux me retenir d'aller la prendre dans mes bras pour la remercier d'avoir pris le soin d'organiser tout ça.

- Merci maman.
- Voyons mon chéri, c'est tout à fait normal. Tu n'as pas à me dire merci.
- Bien sûr que si.

Je me penche et l'embrasse sur la joue.

Ma mère n'est pas très grande alors je la domine beaucoup de ma taille. Sa façon de lever la tête pour me regarder m'avait toujours fait rire et je me suis toujours plu à la taquiner à ce propos. Ce que je ne manque pas de faire encore aujourd'hui. Elle fait mine de me tirer les oreilles puis prend un air faussement vexé et m'entraine un peu à l'écart.

- Tu n'aurais pas quelque chose à me dire toi ? Me demande-t-elle le regard inquisiteur.

Je fais mine de réfléchir puis lui réponds « non » par un signe de tête.

- Petit cachotier !
- Je ne vois pas de quoi tu parles maman.
- Ça fait des semaines que j'attends que vous me l'annonciez mais visiblement je ne peux compter sur aucun de vous deux ! Ajoute-t-elle en me donnant une tape vigoureuse sur l'épaule.

Je ne vois absolument pas où elle veut en venir. Je déteste quand elle fait ça, quand elle parle d'une chose dont je n'ai aucune idée tout en étant persuadée que je fais semblant.

- T'annoncer quoi ?

- Quand comptiez-vous m'annoncer que je vais être grand-mère ?

Je ne peux m'empêcher de rire.

- Tu vas probablement être grand-mère un jour maman, mais ce n'est surement pas pour tout de suite.

Surtout si on tient compte de cette satanée histoire d'azoospermie réversible…

Ma mère fait son éternel claquement de langue qui ne se fait pas attendre quand elle est agacée.

- Je ne suis pas née de la dernière pluie mon chéri, ta femme est enceinte et ça saute aux yeux !

- Non maman Keysia n'est pas…

La fin de ma phrase meurt au bord de mes lèvres et mon sourire s'éteint quand je commence enfin à ouvrir les yeux. Ses malaises fréquents, son corps qui a l'air de s'être métamorphosé, le fait qu'elle se cache de moi depuis quelques temps, la distance qu'elle a mise entre nous…

- Oh non, j'ai fait une gaffe c'est ça ? Tu n'étais pas au courant ? Elle voulait probablement te faire une surprise…

Je n'entends plus ce que dit ma mère car je l'ai laissée avant qu'elle ne termine sa phrase et je me suis lancé à la recherche de ma femme.

Non ça ne peut pas être possible. Je repense à ma conversation avec l'urologue et à sa réponse quand je lui ai demandé si ma femme pourrait tomber enceinte avant l'intervention. Il m'avait répondu *« non, c'est médicalement impossible»* et sa réponse est plus que logique. Sans spermatozoïdes, pas de bébé. Alors pourquoi j'ai l'impression que ma mère ne s'est pas trompée ?

Un horrible sentiment commence à m'envahir mais je le chasse. Il doit bien y avoir une explication à tout ça. Keysia ne peut pas être enceinte, c'est impossible, à moins qu'elle m'ait trompé. Je refuse d'envisager cette hypothèse. Elle ne l'est probablement pas. Elle est peut-être juste un peu fatiguée.

Je finis par l'apercevoir se diriger vers la terrasse, suivie par Andrew. Mon cœur bat vite. J'ai un mauvais pressentiment.

Tous les deux se dirigent vers la terrasse arrière et je les suis discrètement. Je me positionne de sorte à pouvoir les observer et les entendre sans qu'ils ne me voient à leur tour.

Ils ont l'air beaucoup trop proches et je n'aime pas ça, je n'aime pas ça du tout.

Andrew lui prend la main.

 - Je suis contente que tu sois là, lui dit Keysia.
 - Et moi donc ! Tu es resplendissante !
 - Merci Andrew, lui répond-elle en souriant.
 - Dis-moi, comment va notre petit bébé ?

Mon cœur s'arrête de battre. Non, elle n'a pas pu me faire ça, c'est impossible, elle n'est pas comme Emy...

Keysia baisse les yeux sur son ventre, le caresse et parle à nouveau à Andrew.

 - Il a l'air de se porter comme un charme. J'ai souvent mal au ventre mais ça va, je tiens le coup.

Ses soi-disant crampes d'estomac, sa soi-disant grippe persistante...Tout ça n'était que mensonge ?

 - Est-ce qu'il est au courant ?

Keysia soupire et remue la tête pour dire non.

 - Non, je ne lui ai encore rien dit.
 - Voyons, tu sais qu'on ne va pas pouvoir cacher ce petit secret bien longtemps ! Ajoute ce salopard en désignant le ventre de ma femme.
 - Je sais, mais j'avais trop peur de sa réaction. Maintenant que je suis convaincue qu'il ...

Je n'ai pas pu me retenir, mes pieds m'ont porté sur la terrasse face à ces deux traîtres. Keysia sursaute en me voyant.

- Max...

Je m'avance vers elle, les poings serrés et le visage déformé par la douleur et la colère. J'ai tellement mal au cœur que j'ai l'impression que je vais imploser. J'avance mon bras et touche son ventre, ce ventre qu'elle me cache depuis tout ce temps. Moi qui comme un con ai cru qu'elle essayait juste de mettre un peu de distance entre nous à la suite de nos disputes et que je devais juste lui laisser du temps...

Quand je touche son ventre et que je perçois cette légère protubérance que j'étais trop aveugle pour voir, mon cœur se fend.

- Tu n'as pas pu me faire ça Keysia, non pas toi, dis-je en me passant les mains sur le visage, bouleversé au plus haut point.

Pas elle.

Cette hypocrite prend à son tour un air bouleversé.

- Max, je peux tout t'expliquer.
- M'expliquer quoi ?
- J'allais te le dire mais je voulais être sure que...

Je ne la laisse pas terminer sa phrase et la saisis par les épaules avant de la forcer à me regarder dans les yeux.

- Depuis quand...depuis quand es-tu enceinte ?

Elle baisse les yeux. Probablement de honte et de culpabilité.

- Trois mois.

Je suis tellement sidéré que je la lâche et effectue inconsciemment un mouvement de recul. Trois mois qu'elle couche avec ce type...ou surement beaucoup plus ! Trois mois qu'elle porte son bébé et que moi j'essaie par tous les moyens de lui montrer à quel point je tiens à elle.

- Depuis quand le sais-tu ? Finis-je par demander, dégoûté.

- Un mois. J'avais prévu t'en parler ce soir même, ajoute-t-elle en tentant de s'approcher de moi mais je la repousse.

- Ne me touche pas ! Hurlé-je les yeux rouges de douleur et le cœur en cendres.

Ses yeux sont embués de larmes. Elle fait bien semblant. Quel imbécile j'ai été !

- Tu n'es qu'une garce ! Une vraie garce Keysia !

Ce salaud d'Andrew que j'avais jusque-là ignoré ose s'approcher de moi et tente de me toucher l'épaule.

- Vous devriez en discuter calmement...

Je ne lui laisse pas l'occasion de terminer sa phrase et me retourne pour lui assener un violent coup de poing qui le met au sol. Son nez est en sang.

Je tourne les talons. Il faut que je parte de cet endroit et vite !

- Max, attends je t'en prie, crie Keysia en me suivant.

Je ne l'écoute pas et me dirige vers l'intérieur de la villa. Il faut que je sois seul quelques minutes, je ne peux pas prendre le risque de prendre le volant dans cet état. Je suis capable de foncer tout droit dans une autre voiture.

Je franchis le salon qui est vide. Heureusement, car je n'ai ni l'envie ni la patience de répondre à quiconque me demanderait ce qui ne va pas.

Keysia me suit toujours en hurlant mon prénom.

- Max, pourquoi est-ce que tu te mets dans cet état ? Pourquoi refuses-tu de m'écouter ? Est-ce qu'on pourrait au moins parler comme des adultes ?

Parler comme des adultes... Elle aurait dû le faire avant et me faire comprendre que ce mariage ne comptait pas pour elle plutôt que de me tromper avec ce type au point de tomber enceinte. Je n'en reviens pas. Elle n'est pas mieux qu'Emy, elle est pire !

Je monte les escaliers deux par deux pour atteindre au plus vite l'étage sans savoir exactement où je vais. Je finis par me diriger vers le grand bureau de ma mère.

Je m'apprête à fermer la porte mais Keysia a réussi à me suivre au pas et la bloque de ses deux mains. Mes yeux croisent son regard hypocrite plein de larmes. Je m'éloigne de la porte et m'avance vers la table où je pose mes deux poings à même le verre et ferme les yeux pour essayer de reprendre mes esprits. J'arrive à peine à respirer.

Elle a le culot de s'approcher et de poser ses mains sur moi. Je me retourne et la repousse violemment sans pouvoir me maitriser. Elle vacille et une lueur de terreur traverse son visage. La violence qui guide mes gestes m'effraie moi-même.

La déception et la rage ont altéré mon jugement à tel point que je me dirige vers elle, la saisis par les épaules et la secoue violemment, sans égard pour son état.

- Pourquoi Keysia, pourquoi tu me fais un coup pareil ?

Elle est secouée de sanglots.

- Pourquoi me rejettes-tu ? Que…Qu'est-ce que j'ai fait qui mérite que tu me traites comme ça ? Je viens de te dire que j'ai essayé de t'en parler mais que je n'ai pas réussi à le faire.

En plus, elle se fout de moi !

Je la lâche et m'éloigne car j'ai peur de ce que j'ai envie de lui faire. La rage et la déception me submergent et j'ai l'impression de ne plus pouvoir me contrôler.

Il vaut mieux tout arrêter, c'est mieux comme ça, on n'a plus rien à faire ensemble. Je me fiche que mon cœur ne batte que pour elle ! Je me fiche que le notaire de mon grand-père gèle mon héritage, je veux juste que cette femme s'éloigne de moi.

- Je crois qu'il vaut mieux mettre fin à ce mariage sans attendre, dis-je d'une voix blanche.

- Alors tu nous abandonnes le bébé et moi ? M'interroge-t-elle d'une voix dont la fêlure aurait pu me faire fondre en d'autres circonstances. Tu...tu me laisses tomber ?

Je ris mais d'un rire sans joie, amer.

- Va au diable Keysia ! Ce bébé tu n'as qu'à le donner à son père !

Elle prend son air désespéré et bouleversé, vacille, puis s'agrippe au dossier d'une chaise à quelques mètres avant de lever les yeux vers moi. Sacrée comédienne!

- Son père c'est toi. Comment peux-tu prétendre le contraire ?
- Ce bébé n'est pas de moi et tu le sais ! Je ne veux plus te voir, je veux que tu sortes définitivement de ma vie ! Crié-je enragé.

Ma phrase semble l'avoir atteint en plein cœur. Elle a l'air déboussolée l'espace d'un instant puis se reprend et tente de s'approcher de moi mais se raidit et ferme les yeux, la main sur le ventre. Sans attendre, je me détourne d'elle et sors du bureau.

Quelques secondes plus tard, je l'entends marcher derrière moi jusqu'à ce qu'un râle de douleur m'interpelle. Pourtant, convaincu qu'elle joue la comédie de la dernière chance, je ne me retourne pas et continue de marcher jusqu'à ce que sa voix étouffée et suppliante m'appelle à nouveau.

- Ma...Max...

Au son de sa voix, une frayeur soudaine s'empare de moi et m'empêche de m'éloigner. Je prends conscience que quelque chose ne va réellement pas et me retourne dans sa direction.

Ma femme est au sol, agrippée à la rambarde d'escaliers. Elle est pliée en deux et son visage est déformé par une grimace de douleur.

- Keysia ! Hurlé-je en me précipitant vers elle.

Elle est devenue livide. Sa main gauche est agrippée à la rambarde et l'autre main tremblante est posée sur son ventre.

Quand ses yeux s'ancrent aux miens, mon cœur se fissure un peu plus. Son regard est suppliant et elle a l'air terrifiée. Aucun son ne sort de sa bouche mais je lis dans ses yeux qu'elle me supplie de ne pas l'abandonner dans cet état.

- Je…j'ai…mal…mal au ventre, réussit-elle à articuler avant de pousser un nouveau gémissement de douleur qui déchire mon âme.

Bon Dieu ! Qu'est-ce que j'ai fait ? Je l'ai secouée, je lui ai fait mal.

Elle n'avait pas l'air d'aller bien depuis quelques minutes déjà mais j'étais tellement happé par ma colère que je n'y ai pas prêté attention. Je ne supporterais pas qu'il lui arrive malheur.

Je la prends dans mes bras et descends les escaliers aussi rapidement que possible avant de foncer vers ma voiture. Dans mes bras, son corps se ramollit. Malade d'inquiétude, je baisse les yeux vers elle. Keysia est devenue extrêmement pâle et ses yeux sont à demi clos.

Elle hoquette et un filet de sang noir s'échappe de ses lèvres devenues presque grises. Une peur morbide s'insinue alors dans tous mes membres qui sont secoués de légers tremblements que je peine à maitriser.

- Je t'en prie Keysia, ne…ne me fais pas ça. Accroche-toi je t'en supplie, imploré-je, les pires pensées traversant mon esprit.

Je me rends compte qu'elle est toujours consciente lorsqu'elle pousse un nouveau gémissement de douleur déchirant.

J'ai mal au cœur et je suis mort de peur. Que ce bébé ne soit pas de moi n'a pas d'importance à cet instant. J'aime trop Keysia pour la regarder souffrir.

- Max, qu'est ce qui se passe ? S'enquiert ma mère en panique suivie de près par Glenn.

Je n'ai pas la force de leur répondre, mais elles me suivent et insistent.

- Elle a…elle a fait un malaise, je l'envoie à l'hôpital, dis-je la gorge serrée.

Glenn m'aide à ouvrir la portière arrière de ma voiture et je dépose Keysia sur la banquette. Elle gémit toujours de douleur mais sa voix s'affaiblit.

Je suis trop bouleversé pour parler.

Glenn monte sur la banquette arrière près de Keysia dont elle pose la tête sur ses jambes et ma mère monte à l'avant.

- Ma puce, reste avec nous ! Répète ma cousine en lui caressant les cheveux.

Je fonce vers les urgences en priant pour ne pas tomber dans un bouchon. Heureusement non et nous arrivons très vite. Je descends en vitesse et prends Keysia dans mes bras. Elle a perdu connaissance.

Je cours vers l'intérieur du bâtiment et trouve des infirmiers.

- Vite ! Ma femme, elle...elle a fait un malaise. Elle est enceinte, dis-je la gorge de plus en plus nouée.

Ils me prennent Keysia des bras et la déposent sur un lit roulant avant de se diriger vers une salle. Maman et Glenn qui m'ont rejoint tentent de me rassurer. Mais ce soir j'ai tout perdu, tout !

- Qu'est-ce qui s'est passé ? Me demandent maman et ma cousine une fois que nous atteignons la salle d'attente.

Il s'est passé tant de choses que je ne sais pas quoi leur répondre.

- Nous nous sommes disputés et elle a fait un malaise. Je l'ai...secouée, finis-je par dire dégoûté à l'idée qu'elle se soit retrouvée dans cet hôpital par ma faute.
- Oh non Max, qu'est-ce que tu as fait ?

Je ne réponds rien à ma mère. Je suis trop bouleversé par tout ce qui s'est passé ce soir. Ça fait trop et mon cerveau a du mal à gérer. Je suis assis sur une chaise de la salle d'attente, les coudes sur les cuisses et la tête entre les mains. J'ai l'impression que mon cerveau va court-circuiter.

La salle est pleine, il y a du monde aux urgences mais je ne les vois même pas, tant mon cerveau est occupé à rembobiner le film des quarante-cinq dernières minutes. En trois quarts d'heure, tout a basculé.

Après une attente interminable, le médecin de garde finit par arriver. Je me lève et l'interroge.

 - Comment va-t-elle docteur ?
 - Votre femme va un peu mieux, son état s'est stabilisé. Elle souffre d'une très grosse inflammation de l'estomac qui a été exacerbée par sa grossesse et surement par un état de stress important. Avec le bon traitement, du repos et une alimentation adaptée, tout devrait rentrer dans l'ordre.

Je ferme les yeux et soupire de soulagement.

 - Votre bébé aussi va bien.

Cette phrase me fait l'effet d'un électrochoc. Ce n'est pas mon bébé. Tout à coup, je ne me sens pas à ma place ici dans cet hôpital auprès de celle que j'étais sur le point de demander à nouveau en mariage. Je ne peux pas rester ici. La voir me rappellera sa trahison et cela m'est insupportable. Maintenant que je sais qu'elle va mieux, je n'ai plus rien à faire ici. Je remercie le docteur et sans jeter un regard à ma mère ni à Glenn, je sors de l'hôpital et me dirige vers ma voiture.

Chapitre 20

Keysia

Une seule chose me réconforte, c'est que mon bébé va bien. J'ai eu tellement peur de le perdre quand j'ai commencé à me sentir mal ! J'étais terrifiée. C'était comme un violent coup de poignard au milieu du ventre. Je n'ai jamais eu autant mal de toute ma vie. La douleur devenait si insupportable que j'ai perdu connaissance. Je ne sais pas ensuite comment j'ai atterri aux urgences.

Je me suis réveillée dans cette chambre d'hôpital, seule. Glenn et la mère de Max sont ensuite venues à mon chevet. Pas lui. Elles m'ont dit qu'il m'avait déposée et était parti. Elles avaient tout essayé pour le joindre mais il n'avait pas répondu à leurs multiples coups de fil.

Je suis restée à l'hôpital pendant plus d'une semaine. Pas un seul jour il n'est passé me voir. Je l'ai attendu. Je l'ai attendu comme j'ai attendu mon père durant des années. J'ai attendu qu'il revienne me donner une explication, quelque chose qui m'aurait permis de comprendre pourquoi il m'a traitée comme une merde.

Qu'est-ce que j'ai fait ? Oui, je ne lui ai pas dit que j'étais enceinte mais j'allais le faire. Quand bien même, était-ce une raison pour me traiter de la sorte ?

Pourtant je l'ai suivi malgré tout. Je l'ai suivi bien qu'il m'ait traitée de garce, bien qu'il m'ait malmenée, j'ai mis ma fierté de côté et je lui ai couru après ce jour-là. Je lui ai couru après malgré cette douleur terrifiante qui traversait mon ventre et augmentait crescendo.

Je me suis dit que peu importe la raison de sa colère, je devais lutter pour nous, pour notre bébé. J'ai essayé de lui faire entendre raison malgré tout, mais il m'a rejetée. Il nous a rejetés mon enfant et moi.

Sans pitié, ses mots martèlent encore dans ma tête.

« *Tu n'es qu'une garce... Je crois qu'il vaut mieux mettre fin à ce mariage sans attendre...Va au diable Keysia...Ce bébé tu n'as qu'à le donner à son père...Ce bébé n'est pas de moi et tu le sais...Je ne veux plus te voir, je veux que tu sortes définitivement de ma vie !* »

Mes yeux se ferment instantanément comme si ça pouvait effacer ces mots douloureux de ma mémoire. Repenser à tout ce qui s'est passé me consume de l'intérieur.

- Ça va aller ? Me demande Glenn assise au volant de sa voiture.

Sa voix me sort de mes pensées. C'est elle qui est passée me prendre à l'hôpital, elle me ramène en voiture à la maison. Je vais un peu mieux mais je suis très fatiguée.

Je lui ai finalement tout raconté, tout depuis le début. Elle était sous le choc mais ne m'a pas fait de reproche. Elle m'a seulement dit qu'elle était désolée pour ce que je vivais avec Max et qu'elle espérait de tout cœur que tout allait s'arranger.

- Oui, ça va aller, lui dis-je la voix enrouée.

Je ne sais pas ce qui m'attend à la maison. Je ne l'ai pas revu depuis le jour de mon malaise et je ne sais pas comment les choses vont se passer entre nous. Quoi qu'il en soit, il me doit des explications.

- Je peux venir avec toi et lui parler si tu veux.

Je remue la tête.

- Non, c'est une situation que je dois affronter seule.

Glenn acquiesce et me prend la main. Je suis désolée de ne pas avoir été franche avec elle. Je le lui fais savoir à nouveau et lui demande pardon.

- Je serai toujours ta meilleure amie et quoi qu'il arrive, je serai toujours là pour toi, me répond mon amie avant de m'étreindre.

Ses mots me touchent. Tout contre son épaule, je lutte pour ne pas pleurer. Ce n'est pas le moment de flancher.

Je la remercie et récupère le petit sac qui contient les affaires et les vêtements de rechange qu'elle m'avait apportés pendant mon séjour à l'hôpital, puis je descends de la voiture.

Quand Glenn s'en va, je me retrouve seule devant l'immeuble qui abrite l'appartement. Mon estomac se noue et mon cœur bat un peu trop vite. Je respire et essaie de me calmer. Lorsque je franchis le seuil de l'appartement quelques instants plus tard, retrouver ce lieu si familier me fait chaud au cœur.

Mon cœur cognant de toutes ses forces dans ma poitrine, je parcours les lieux du regard. Max est là, debout devant la baie vitrée, les yeux perdus dans le vide.

- Bonjour, dis-je la voix fêlée.
- Bonjour, me répond-il sur un ton lointain, fade et détaché.

Aucun de nous deux ne parle. Il ne s'est même pas retourné pour me regarder. Je reste là, figée, une multitude de mots bataillant pour se frayer un chemin sur mes lèvres, mais je n'ai pas la force de dire quoi que ce soit.

Je pousse un soupir de désespoir et me dirige vers ma chambre. Je vais me coucher. J'ai besoin d'un peu de repos. A mon réveil, j'espère avoir les idées un peu plus claires et pouvoir discuter avec lui.

Dès que ma tête se pose sur l'oreiller, les larmes que j'ai lutté pour retenir depuis trop longtemps se déversent comme un torrent.

Je pleure longtemps jusqu'à m'endormir. Même mon sommeil est agité et je fais de cauchemars qui me réveillent en sursaut.

Il est 17 heures lorsque je ressors de ma chambre. Le salon est vide, Max n'est pas là. Je parcours les autres pièces, il n'y est pas. Je décide de l'attendre.

Les heures passent, bientôt minuit. Il ne rentre pas. Je m'endors sur le canapé.

Le lendemain, il n'est toujours pas rentré et il en est ainsi des jours suivants. Je reste seule dans l'appartement. J'ai cessé de pleurer, je pense ne plus avoir assez de larmes à force de le faire. Mon cœur est en miettes.

Je crois que le message est assez clair, il ne veut ni de moi ni de notre enfant.

Deux semaines après être rentrée et restée seule sans nouvelles de lui, je range mes affaires et demande à Andrew de passer me prendre.

Il m'aide à descendre mes valises puis je lui demande de me laisser seule quelques instants. Mon ami acquiesce et descend m'attendre dans la voiture.

Je fais le tour de l'appartement et repense à chacun des moments que nous y avons vécus. Les bons et les moins bons, tout défile dans ma tête. Je suis tellement triste et déprimée que j'ai même du mal à marcher. Je me sens vidée.

Je sors de l'appartement et rejoins Andrew à la voiture. Avant de monter je jette un dernier coup d'œil à l'immeuble.

« Tu n'es qu'une garce…Va au diable Keysia…Je ne veux plus te voir, je veux que tu sortes définitivement de ma vie »

Je n'ai jamais autant souhaité devenir amnésique. J'aimerais l'être, rien que pour oublier ces mots qui ont réduit mon cœur en miettes.

Ce mariage m'a tuée, j'y ai laissé mon âme…

Chapitre 21

Max

- Allez mon vieux, il va bien falloir que tu rentres à la maison, me raisonne Nate, assis près de moi.
- Je ne veux pas la voir.
- Ce n'est pas que je n'aime pas que tu squattes mon canapé mais il faut que tu rentres régler tout ça avec elle.

Je me frotte le visage. Ça fait deux semaines que je suis parti de la maison.

- Tu as une sale tête mon gars, tu ressembles à l'homme des cavernes, me raille-t-il.

Ça ne m'étonne pas. Ça fait 14 jours que je ne me suis pas rasé, ni peigné. Je me douche, mange à grand peine et reste assis sur le canapé de Nate à regarder des matchs de foot ou des séries.

Je suis déprimant.

Je n'ai même pas remis les pieds au boulot et c'est ma mère qui assure mon intérim. Elle a cogéré l'entreprise avec mon père pendant longtemps et est heureusement capable de me remplacer.

Nate a fini par me convaincre. Je traine les pas mais me mets finalement en route pour la maison.

Qu'est-ce que je vais bien pouvoir dire à Keysia ? A part l'ignorer, je n'ai pas réussi à faire grand-chose jusque-là. Je suis tout de même content qu'elle aille mieux.

Je pénètre dans l'appartement en me demandant encore ce que je vais bien pouvoir lui dire. Il est vide, elle est partie... ça vaut surement mieux comme ça. Son départ doit être très récent car toutes les pièces de la maison sentent encore son parfum, ce parfum enivrant aux notes fleuries que je ne parviendrai surement jamais à oublier.

Je ne l'ai pas revue depuis cette nuit à l'hôpital. Je ne pouvais pas supporter de la voir, de me rappeler sa trahison ni à quel point j'ai eu mal quand j'ai compris combien elle s'était moquée de moi. Je ne pouvais pas supporter de voir son ventre, ce ventre qui aurait dû porter notre bébé à tous les deux.

La nuit où je l'ai laissée à l'hôpital, j'ai roulé comme un fou sans savoir où j'allais. J'ai parcouru une centaine de miles sans m'arrêter puis je suis venu ici. Je suis monté sur le toit de l'immeuble à l'endroit même où j'avais prévu lui dire à quel point je l'aimais et j'ai tout saccagé en hurlant.

Quelques voisins sont montés pour essayer de me maitriser. Ils ont eu bien du mal parce que j'étais vraiment en train de péter les plombs.... Puis le concierge de l'immeuble a eu le bon réflexe d'appeler Nate qui est arrivé presque aussitôt. Son nom figurait parmi la liste des personnes à appeler en cas d'urgence. Mon ami a réussi à me calmer. Il est resté dormir à la maison pour ne pas me laisser seul. Sans ça, j'aurais peut-être fait une folie.

Je sors mon téléphone portable de ma poche et fixe une image d'elle, la plus récente que j'aie.

- Comment en est-on arrivés là ? Dis-je tout bas.

Dans quelques jours ça fera un an depuis notre mariage. Chris, le notaire de grand-père a déjà pris contact avec moi. Il m'a demandé de lui fournir une espèce de document, un acte de non dissolution de mariage pour valider la finalisation de la succession de Lane et pouvoir toucher le reste de l'héritage.

Honnêtement, c'est le dernier de mes soucis en ce moment. Mais si je veux pouvoir divorcer, il me faut en finir avec cette histoire sinon tout ce qu'on a fait n'aura servi à rien.

Le lendemain, j'effectue les démarches et récupère l'acte de non dissolution de mariage que j'envoie à Chris. Les étapes ne tardent pas à être finalisées. Dans quelques semaines, l'ordre sera donné à la banque de grand-père de virer le reste de mon héritage sur mon compte en banque.

Je suis totalement blasé.

A quoi bon avoir fait tout ça ? Que valent des millions de dollars quand on a le cœur totalement en miettes comme le mien ?

Il me reste encore deux choses à faire avant de tourner la page : virer sur le compte en banque de Keysia l'argent que je me suis promis de lui verser et entamer la procédure de divorce.

Chapitre 22

Keysia

Je suis maintenant vers le milieu de mon cinquième mois de grossesse et j'ai un ventre tout rond qui pointe et qui est bien plus visible que la moyenne. J'ai dû acheter des vêtements de grossesse car je ne rentrais plus dans les miens.

Demain, Glenn m'accompagnera pour acheter des vêtements pour le bébé. Je ne l'ai pas encore fait jusqu'à présent. A vrai dire, je n'ai encore rien fait du tout. Avec tout ce qui s'est passé, j'ai eu un peu de mal à me faire à l'idée d'être maman. J'ai été tellement dépassée par les évènements que c'est comme si mentalement j'avais rejeté l'idée d'être bientôt mère.

Je m'en suis énormément voulu pour ça, puis j'en ai parlé avec ma mère. Lui parler m'a fait beaucoup de bien. Nous nous sommes réconciliées. Elle m'a dit que ce sentiment était normal et que c'était un « *réflexe psychologique en réponse au rejet* » dont j'ai été victime par le père du bébé. Sacrée maman ! Je ne savais pas qu'elle avait en plus des talents de psychologue.

Quand j'ai quitté l'appartement de Max il y a deux mois, je suis venue habiter avec Glenn quelques jours. Elle et moi nous sommes beaucoup rapprochées. Lui dire la vérité m'a permis de retrouver enfin ma meilleure amie. Plus de sentiment de gêne ou de crainte qu'elle ne découvre ce que je cachais.

J'ai pu trouver ensuite très rapidement un petit appartement. Un ami d'Andrew avait un appartement qui se libérait alors j'ai sauté sur l'occasion. Ça a été une véritable aubaine pour moi. Il est certes tout petit, mais le loyer est peu couteux alors ça me permettra de mettre suffisamment d'argent de côté pour la venue du bébé.

J'ai terminé mon année à l'université. Je devrais bientôt commencer à me préparer pour l'examen du barreau. En attendant, j'ai recommencé à travailler à temps partiel au Smith's. Glenn et Andrew étaient contre mais je n'avais pas le choix.

J'ai encore en réserve l'argent que j'avais mis de côté avant le mariage pour préparer mon retour à l'université et pour les soins médicaux de ma mère. Je vais surement en avoir besoin quand le bébé sera là. Je travaille quelques jours par semaine et le reste du temps je me repose comme aujourd'hui.

Un coup de sonnette à la porte me sort de mes pensées.

Maman vient à peine de partir de chez moi. Elle a dû oublier quelque chose. J'ouvre la porte.

- Sally ? Quelle surprise !

La mère de Max me sourit.

- Bonjour Keysia.
- Euh...entrez, dis-je en m'effaçant pour la laisser entrer dans l'appartement.

Ça fait un bout de temps que je ne l'ai pas vue. A vrai dire, c'est depuis mon dernier séjour à l'hôpital. Je l'invite à s'asseoir dans le petit séjour que j'ai aménagé. Sally s'installe et je m'assieds en face d'elle. Je suis un peu gênée car je ne sais pas trop quoi lui dire.

- Comment ça va ? Finit-elle par me demander.

Je lui souris histoire de ne pas la mettre trop mal à l'aise.

- Je vais bien, merci.
- Comment se porte le bébé ? Me demande-t-elle en regardant mon ventre avec émotion.

Je porte un short court et un top plutôt moulant alors mon ventre se voit bien. Il faut l'admettre, il est déjà énorme. Je le caresse et réponds à Sally.

- Il se porte bien.
- C'est...un garçon ?

Un petit rire m'échappe.

- Non…enfin je n'en sais rien. J'ai juste dit « il » pour le mot « bébé ».

Je n'ai pas voulu connaitre le sexe du bébé. En réalité, je n'ai tout simplement plus remis les pieds chez le gynécologue après mon premier rendez-vous de confirmation de grossesse. J'avais peur de ne plus pouvoir m'arrêter de pleurer en voyant mon bébé sur le moniteur.

Je m'en veux déjà et je me demande comment je vais pouvoir expliquer à mon enfant qu'il n'a pas de père. Comment lui expliquer que son père l'a abandonné comme le mien l'a fait avec moi? Ma mère et moi sommes surement maudites !

Je m'en veux d'avoir été suffisamment naïve pour croire en l'amour, pour croire qu'un homme comme Max pouvait m'aimer réellement, pour croire qu'il était capable de désirer et d'aimer ce petit être innocent qui grandit en moi.

- Je tenais à venir voir comment tu allais, je m'inquiétais vraiment pour toi ma chérie.
- Vous n'avez pas à vous en faire. Je suis très bien entourée…
- Tu es encore ma belle-fille.
- Plus pour longtemps je crois.

Sally a l'air triste.

- Je n'ai aucune idée de ce qui a pu se passer entre Max et toi mais sache qu'il t'aime vraiment. Il est juste…c'est juste un homme blessé qui a du mal à assumer ses sentiments.
- Avec tout le respect que je vous dois, je n'ai vraiment, vraiment, vraiment aucune envie de parler de votre fils.

Ma future ex belle-mère me regarde avec une lueur de tristesse.

- Je suis sure que tout rentrera dans l'ordre. Parfois, le temps répare les choses.

Je me suis retenue de lui rétorquer qu'il n'y avait rien à réparer, plus rien du tout ! Mais je sais qu'elle essaie simplement de bien faire alors je ne lui réponds rien et change vite de sujet avant de laisser la colère et le ressentiment qui m'habitent prendre le dessus.

- Oh mince ! Désolée, je ne vous ai même pas proposé de café.
- Ne te dérange pas ça ira. Je suis aussi venue te demander une faveur.
- Laquelle ?
- Le week-end prochain c'est Noël et je donne un repas à la maison.

Sally et les fêtes et repas...

- Il n'y aura pas grand monde, juste la famille proche.

Je ne sais pas où elle veut en venir mais la suite ne me dit rien qui vaille.

- J'aimerais beaucoup que tu sois là. Tu fais partie de la famille et tu es comme une fille pour moi.
- Sally...je suis flattée et ravie que vous ayez pensé à moi mais...non je ne pourrai pas être là.
- Pourquoi ?

Pourquoi ? Pour la simple raison que je risque d'y croiser l'homme qui est encore mon mari, qui m'a mise enceinte et m'a ensuite traitée comme une misérable avant de m'abandonner lâchement sans état d'âme.

Parce que je ne veux plus jamais revoir ce salopard qui m'a abandonnée à l'hôpital, enceinte de lui. Ce lâche qui m'a laissée tomber au moment où j'avais le plus besoin de son soutien.

La liste est longue.

- Je dois passer Noël avec ma mère, on a déjà tout prévu.
- Ça tombe bien parce que je viens juste de discuter avec ta mère, on s'est vues dans le hall tout à l'heure et elle est d'accord pour venir.

Quoi ?! Maman, la traîtresse... C'est hors de question que j'aille là-bas. Ça me rappelle trop de mauvais souvenirs. Je réfléchis à un autre argument tout en cherchant comment ne pas contrarier cette pauvre Sally qui essaie juste de bien faire. Dommage que son lâche de fils ne soit pas aussi appréciable.

- Je suis un peu fatiguée ces derniers temps et j'ai beaucoup de nausées.

Bon, je suis moins fatiguée qu'au début de ma grossesse mais tout de même un peu. Et pour les nausées, c'est vrai. Contrairement à ce qui se dit en théorie, moi je n'ai pratiquement pas vomi durant mon premier trimestre, seulement deux ou trois fois. Par contre dès le milieu du quatrième mois, j'ai commencé à vomir quelques fois après certains repas. Heureusement, pas tous. Ce serait dû à mes problèmes d'estomac.

- Ne t'inquiète pas, la soirée ne sera pas longue. Et puis tu n'auras pas besoin de conduire, Glenn passera te prendre et te ramener ici. S'il te plaît Keysia ! Ajoute-t-elle suppliante.

Là, je suis à court d'argument. Je n'ai aucune envie d'aller à ce dîner mais puisque tout le monde s'est mis d'accord pour me mettre dans ce pétrin, je finis par accepter, résignée.

- Super !

Elle jubile, m'embrasse, ramasse ses affaires et part.

Dès que la porte se referme, je m'y adosse et ferme les yeux. Bon sang, je n'ai aucune envie d'aller là-bas...

Le lendemain, je me sens un peu fatiguée alors Glenn et moi remettons notre virée shopping à la semaine d'après, juste après le nouvel an. C'est peut-être mieux. L'effervescence des fêtes de fin d'année sera passée et il y aura moins de monde dans les boutiques.

Le week-end de Noël que je redoute tant finit par arriver. Heureusement, j'avais acheté quelques vêtements adaptés à ma nouvelle morphologie car je n'aurais vraiment pas su quoi me mettre.

J'opte pour une robe en imprimé à manches longues et cintrée à la taille qui s'arrête aux genoux. Je me maquille un peu et relève mes cheveux, chausse mes bottes et enfile mon manteau. Les hivers sont un peu rudes à Chicago. J'espère ne pas avoir trop froid. J'aurais très bien pu prendre ma voiture, mais c'est Glenn qui passe me prendre. Elle a trop insisté.

- Tu es canon !
- Arrête me flatter, j'ai l'impression d'avoir enflé et d'avoir le visage bouffi.
- Pas du tout, tu es encore plus jolie qu'avant.

Ses mots me réjouissent. A vrai dire, j'ai perdu toute confiance en moi depuis les derniers évènements. Le peu d'estime que j'avais de moi-même a foutu le camp ! Se faire jeter comme une vieille chaussette ou plutôt comme une merde pour être plus précis, ce n'est pas ce qu'il y a de mieux pour l'estime de soi !

- C'est fou comme ton ventre a grossi ! Tu es sure qu'il n'y en a qu'un seul là-dedans ?

Elle n'arrête pas avec ça ! C'est vrai que pour seulement cinq mois, j'ai un ventre énorme. Mais d'après mes recherches sur internet, ça n'a rien d'anormal.

- A moins qu'un deuxième bébé soit apparu dans mon ventre par miracle, oui il n'y en a qu'un seul !
- Dans tous les cas, deux, trois, ou un bébé, fille ou garçon, et même s'il naissait avec un œil en plus, sa future marraine que je suis l'aimerait de tout son cœur.
- Glenn, arrête avec cette histoire d'œil en plus, tu me fous la trouille !

Mon amie explose de rire.

- Mon seul souhait est qu'il ne soit pas le portrait craché de son père, ce serait trop injuste, dis-je d'une petite voix en baissant les yeux sur mon ventre.

Ma meilleure amie m'adresse un sourire triste et compatissant.

Nous passons chercher ma mère puis arrivons chez Sally. Je suis nerveuse et j'ai les mains qui tremblent.

- Ne t'inquiète pas ma chérie, on s'en ira si tu te sens mal à l'aise, me rassure ma mère au moment où nous sonnons à la porte.

Sally nous accueille avec son habituel sourire. Elle n'avait pas menti, c'est un repas de famille avec très peu de monde, juste la tante paternelle de Max qui est la mère de Glenn, sa petite sœur et son petit-ami, Sally et nous. Je suis étonnée mais soulagée quand je constate que mon futur ex-mari n'est pas là, je serai un peu moins tendue.

Des boites de chocolat disposées sur un coin de table me font de l'œil. Je ne peux me retenir et me jette dessus sans gêne.

- Ah, les femmes enceintes ! Se moque gentiment ma mère.

J'en ai encore plein la bouche quand quelqu'un sonne à la porte. Mon estomac se noue. Un parfum à l'effluve boisée et gourmande très familière me chatouille les narines. C'est Max. Je ne l'ai pas encore vu mais je sens son odeur si sensuelle d'ici.

- Bonsoir, lance-t-il.

Quand nos regards se croisent, une lueur étrange que je n'arrive pas à décrypter traverse ses yeux. Quant à moi, j'essaie de rester aussi indifférente que possible. Pourtant à l'intérieur de moi, c'est un déferlement de sentiments contradictoires que je ne parviens pas à maitriser. Le voir me fait plus souffrir que je ne l'aurais imaginé et mon cœur bat un peu trop fort. J'essaie de rester maitresse de moi-même et de ne rien laisser transparaitre.

Max s'approche pour faire la bise à sa mère, sa tante, ses cousines, puis ma mère. Quand il arrive à mon niveau, il me salue d'un simple signe de tête auquel je ne réponds pas, puis quand son regard se pose sur mon ventre proéminent, il a l'air bouleversé l'espace d'un instant puis détourne vite le regard.

- Bien, nous pouvons passer à table, annonce Sally.

Ce n'est qu'à ce moment-là que je constate que mon futur ex-mari n'est pas venu seul. Une superbe jeune femme le rejoint et il la présente comme une nouvelle collaboratrice. Je ne peux m'empêcher de ressentir un vif sentiment de jalousie qui m'étreint les entrailles. Ils ont l'air proches. Il n'a vraiment pas perdu de temps.

Nous nous installons à table et Sally insiste pour nous indiquer à chacun quelle est sa place. Elle me fait m'asseoir en face de Max. Sa soi-disant collaboratrice est assise à côté de lui. Elle est très tactile et n'arrête pas de le toucher à la moindre occasion. Ce ne sont pas mes affaires de toute façon. Même si je porte son enfant, c'est fini entre nous. Mais alors, pourquoi est-ce que j'ai aussi mal au cœur ?

Je ne me sens pas très à l'aise mais j'essaie de faire bonne figure. Plus tard, lorsque la nourriture est disposée sur la table, mon estomac ne se fait pas prier pour se manifester et commence à faire de drôles de bruits. Je meurs de faim.

- Désolée, dis-je un peu gênée.

Tout le monde me sourit gentiment. Enfin, tout le monde sauf mon futur ex-mari qui m'ignore royalement.

- Ta grossesse te va à merveille, me complimente tante Lisa la mère de Glenn.

Je la remercie.

- De combien de mois es-tu enceinte ? M'interroge Joanna la petite sœur de mon amie.
- Je suis à la fin de mon cinquième mois.

Je ne peux m'empêcher de regarder dans sa direction, de me demander si ça l'intéresse un tant soit peu de savoir quand est-ce que son bébé viendra au monde. Il a l'air de s'en foutre royalement. Quel salopard ! Je sens une colère sourde monter en moi.

Comme si elle sentait l'orage venir, ma mère assise à côté de moi, pose sa main sur la mienne et presse doucement mes doigts. Elle me connaît vraiment. Je me retourne dans sa direction et son regard plein de sollicitude m'apaise.

- Vous avez déjà trouvé un prénom Max ? Demande Tom le petit-ami de Joanna.

Max lance un regard assassin au jeune homme avant de se tourner dans ma direction.

- Je crois que la question est pour toi, me dit-il sans ciller.

Tom a l'air surpris par le ton froid qu'il a employé. Joanna et lui ignorent probablement tout des derniers évènements.

J'ai une telle envie d'enfoncer la tête de Max dans le plat fumant qui est plein milieu de la table que j'en tremble. Pourtant, je ne sais pas pourquoi ni comment j'arrive à me retenir et à ne pas relever ce qu'il vient de dire. Je me retourne vers Tom et lui souris.

- Pas encore.

Tom me rend mon sourire et acquiesce. Je ferais mieux d'ignorer Max, je n'ai pas envie qu'il me gâche mon réveillon de Noël.

Après le bénédicité, nous commençons à manger. Je dévore littéralement le repas. J'ai un appétit vorace depuis quelques semaines.

Pendant que je mange, je surprends le regard de Max posé sur moi. Ses yeux s'ancrent aux miens et ne s'en détachent pas. Son regard grave est sombre et pénétrant.

Au même moment, comme s'il sentait toute cette tension, mon bébé bouge pour la première fois ou plutôt c'est la première fois que je le sens bouger. Je suis émue et ferme les yeux puis pose la main sur mon ventre pour savourer cette sensation. Sans que je puisse les retenir, des larmes s'échappent de mes yeux et perlent sur mes joues.

J'aurais tant aimé vivre ce moment avec l'homme que j'aime... J'ai soudain envie de pleurer de plus belle. Fichues hormones !

- Est-ce que tout va bien Keysia ? S'enquiert Sally.

J'ai les yeux fermés et ne réponds pas tout de suite. J'essaie de museler cette émotion qui me comprime la poitrine et qui est exacerbée par la présence du père de mon enfant en face de moi et par toute cette tension que je peine à gérer.

- Tout va bien, je viens juste de...je viens juste de sentir mon bébé bouger pour la première fois, dis-je la gorge nouée. Excusez-moi, ajouté-je avant de me lever de table.

Je marche vite et vais me retirer dans la salle de bain. Soudain, tout ce que j'ai vécu ces derniers mois refait surface, son rejet me transperce l'âme encore une fois. C'est trop dur, je n'y arrive pas. Je ne peux pas rester ici. J'inspire et expire pour me calmer, puis reviens au salon.

- Je suis désolée, il faut que j'y aille, annoncé-je près de la table, je me sens un peu fatiguée.

Max a la tête baissée et fait l'indifférent. Sally est contrariée.

- Voyons ma chérie, reste encore un peu s'il te plaît. Le repas n'est même pas terminé et nous allons bientôt ouvrir les cadeaux.

Je supplie maman du regard pour qu'elle me soutienne.

- Euh...je suis vraiment désolée Sally, Keysia a été un peu malade ces derniers temps et le médecin a insisté pour qu'elle se repose.

Sally finit par capituler. Elle nous appelle un taxi et insiste pour nous emballer une partie du repas.

- Il faut que tu manges ma petite, ce bébé en a besoin, tente-t-elle de me convaincre en désignant mon ventre. Je passerai te rendre visite de temps en temps.

J'opine du chef.

Elle nous remet des cadeaux et ensuite nous partons. Sur le chemin du retour, ma mère me prend la main toute désolée. Je pose ma tête sur son épaule, pensive et encore plus triste qu'avant.

Chapitre 23

Max

Je peine à respirer. Je regarde Keysia sortir du salon de ma mère et partir. Je n'ai qu'une seule envie, la rattraper et la prendre dans mes bras tout en lui disant à quel point je l'aime.

Je ne suis qu'un imbécile n'est-ce pas ? Comment puis-je encore l'aimer après ce qu'elle m'a fait ? Je ne saurais me l'expliquer. Je devrais la haïr, mais je n'y arrive pas. Mon semblant d'indifférence et de froideur représente le seul moyen que j'ai trouvé pour me protéger des terribles émotions qui m'assaillent la poitrine quand je suis auprès d'elle.

La voir ce soir avec son joli ventre a été une torture pour moi. Pour la première fois, je me suis surpris à me demander s'il y avait la moindre petite chance que cet enfant soit de moi. J'aurais tellement aimé qu'il le soit !

Ce soir, quand assis en face d'elle j'ai vu ces larmes rouler sur son visage, j'ai senti se réveiller en moi cet habituel élan à la protéger. J'aurais aimé pouvoir m'approcher d'elle et toucher son ventre, sentir ce bébé bouger. Ça aurait dû être le nôtre...

Ma mère me fusille du regard.

- Tu aurais pu faire un effort, me glisse-t-elle discrètement dès qu'elle en a l'occasion.

Je ne réponds pas, ignorant sa remarque.

Je commence à me demander si j'ai bien fait de venir accompagné de Faith. Je l'ai présentée comme ma collaboratrice mais c'est mon assistante par intérim en attendant qu'Isa revienne de son congé maternité. Je l'ai trouvée ce matin seule dans le bureau en train de pleurer. Elle est un peu seule au monde et n'avait personne avec qui passer le réveillon alors je lui ai proposé de venir.

A vrai dire, je n'ai pas du tout pensé à l'utiliser d'une quelconque manière pour rendre Keysia jalouse, mais je me suis surpris à me demander si elle l'était.

La soirée de réveillon se poursuit. Quand vient l'heure de l'ouverture des cadeaux et que je vois le contenu du mien, j'en veux farouchement à ma mère. Il s'agit d'une grenouillère pour bébé avec écrit dessus « I love Dad & Mum ». Je trouve ça vraiment tordu de sa part et je me mets en colère contre elle !

∞ ∞ ∞

Trois jours sont passés depuis le réveillon de Noël. Les trente millions de dollars ont été versés sur mon compte dès le lendemain du repas chez ma mère. J'ai immédiatement fait un virement d'une énorme somme d'argent à Keysia. En principe, elle devrait l'avoir reçu aujourd'hui.

Mon portable sonne. Je ne reconnais pas le numéro mais décroche tout de même.

- Max Ashford ? Interroge une voix grave au bout du fil.
- Oui c'est moi.
- Il y a quelques mois vous vous êtes rendu dans un de nos laboratoires pour des analyses.

Je réfléchis l'espace d'un instant. Le seul examen que j'ai fait à cette période est le spermogramme qui a révélé que je souffrais d'azoospermie réversible suite à l'accident de voiture.

Pour être sûr que l'homme ne s'est pas trompé, je lui demande :

- Quelles analyses ?
- Un spermogramme plus exactement.

L'homme au bout du fil me précise le nom du laboratoire. OK, il s'agit bien de l'endroit où j'ai fait mon spermogramme il y a quelques mois mais ça ne me dit toujours pas ce qu'il me veut.

- Oui ?

L'homme se racle la gorge.

- Je suis le directeur du laboratoire et si je vous contacte aujourd'hui c'est parce qu'il y a eu un très fâcheux évènement.
- Lequel ?
- Eh bien, les résultats qui vous ont été donnés sont erronés.
- Pardon ? Dis-je instantanément.
- Depuis quelques mois, plusieurs clients du laboratoire se sont pleins de résultats erronés. Certains d'entre eux ont fait des contre-examens qui ont révélé l'inexactitude des résultats d'analyses effectuées chez nous.

Je commence à transpirer à grosses gouttes.

- Les plaintes étant récurrentes, le laboratoire a investigué et s'est rendu compte qu'un employé mécontent de l'époque avait vicieusement dissimulé sur un disque dur les véritables résultats d'examens de plusieurs patients. Il en avait fait plusieurs copies qu'il a modifiées manuellement et entrées dans le système comme étant réelles.

Mon cœur tambourine dans ma poitrine.

- Vous faisiez partie de ces patients Monsieur. Ce qui veut dire que les résultats qui vous été envoyés sont totalement faux. J'ai votre véritable spermogramme sous les yeux et vous êtes en parfaite santé.

Je manque de tomber et m'agrippe à mon fauteuil.

Au même moment, la porte de mon bureau s'ouvre à la volée. Keysia rentre dans la pièce telle une furie et dépose un chèque sur la table. Je n'arrive pas à détacher mes yeux d'elle. Elle a des cernes sous les yeux et ses traits sont déformés par la tristesse et la colère. Bon sang ! Qu'est-ce que j'ai foutu ?

- Je n'ai pas besoin de ton argent, je ne veux rien de toi ! Me dit-elle droit dans les yeux avant de ressortir aussi vite qu'elle est rentrée.

Mon cerveau s'est mis à fonctionner lentement et j'ai du mal à réagir tout de suite, je reste tétanisé. Quand mes yeux se posent sur le chèque, je comprends qu'elle est venue me rendre l'argent que je lui ai viré.

La voix du type au téléphone me fait sortir de ma torpeur.

- Vos véritables résultats d'examens viennent de vous être envoyés par email. Je vous conseille d'en refaire un pour être sûr. Toutes nos excuses monsieur Ashford, nous sommes sincèrement désolés et...
- Des excuses ? Vous vous foutez de moi ? Vous n'avez aucune idée du bordel que cette histoire a foutu dans ma vie. J'espère que vous avez un bon avocat parce qu'on ne va pas en rester là !

Je raccroche et m'élance à la suite de ma femme. Je lui cours après mais n'arrive pas à la rattraper à temps. Quand elle monte dans sa voiture, j'arrive à m'approcher de la portière et à lui parler.

- Keysia, attends je t'en prie, il faut qu'on parle !

Elle ne me regarde pas mais démarre en trombe et moi je manque de tomber. La tête entre les mains je m'interroge à haute voix.

- Bon sang ! Qu'est-ce que j'ai foutu ?

Tout de suite, je pense à prendre ma voiture et à la suivre mais je finis par me dire que c'est une mauvaise idée car cela pourrait la pousser à conduire imprudemment.

Je me dirige vers ma voiture, décidé à faire la chose par laquelle j'aurais dû commencer depuis le début. Un coup de fil à Glenn et je réussis à obtenir l'adresse d'Andrew. Il faut que j'aie une discussion avec ce type.

Une heure plus tard, je sonne à la porte de chez lui à plusieurs reprises mais il n'est pas là. Je m'assieds sur le perron de sa maison et l'attends. C'est bientôt la fin de la journée et il finira bien par rentrer.

Andrew ne met pas longtemps à arriver. Quand il descend de sa voiture et me voit, son premier réflexe est l'hésitation. Puis je le vois serrer les poings en venant dans ma direction. Ce que je comprends. Après tout, la dernière fois qu'on s'est vus, j'ai bien failli lui casser le nez...

Je lève les mains en signe que je ne suis pas venu chercher la bagarre.

- Je viens juste discuter.

Il a l'air en colère mais s'avance finalement vers la porte de chez lui et l'ouvre. Je m'attends à ce qu'il me referme la porte au nez mais Andrew m'invite à entrer.

Contrairement à ce que j'aurais pu m'imaginer, je trouve sa maison plutôt accueillante malgré le style minimaliste. Quelques portraits sont disséminés de part et d'autre du mur, probablement des photos de famille et aussi de vacances sur lesquelles on le voit toujours tout sourire et bien entouré. Il faut croire que les gens l'apprécient !

- Tu veux boire quelque chose ?

J'en aurais bien besoin.

- Whisky ?
- Oui Je veux bien, merci.

Andrew se dirige vers le bar de la maison, revient avec une bouteille de whisky et nous sert tous les deux.

- Glaçon ?

Je lui réponds par l'affirmative d'un signe de tête.

- C'est vrai que c'est meilleur comme ça ! Ajoute-t-il sur un ton léger.

Je n'en reviens pas d'être assis à parler whisky avec le type que j'ai soupçonné d'avoir une liaison avec ma femme et à qui j'ai pété le nez il y a un peu plus de deux mois.

Il s'assoit en face de moi et reprend un air sérieux.

- A vrai dire, ça fait longtemps que j'espérais pouvoir parler avec toi. Keysia n'arrêtait pas de me parler de toi...

Je ne le laisse pas poursuivre et vais droit au but.

- Est-ce qu'il y a quelque chose entre vous ?

L'homme en face de moi me fixe droit dans les yeux et me répond.

- Non, il n'y a jamais rien eu entre elle et moi. C'est juste une amie que j'apprécie énormément.

Nous nous fixons toujours droit dans les yeux et je cherche dans son regard le moindre signe m'indiquant qu'il se moque de moi mais je n'ai pas l'impression qu'il soit en train de me mentir.

- Lorsque je l'ai rencontrée sur la plage à Malibu, je venais de sortir d'une relation difficile et je ne cherchais qu'à m'amuser. Mais quand je suis tombé sur elle, j'ai tout de suite compris que ce n'était pas une fille comme les autres. Ma nièce l'adorait et je l'ai trouvée sympa alors on a juste discuté amicalement.
- Et dansé aussi, ajouté-je pour essayer de détendre un peu l'atmosphère et me dérider moi aussi.
- Et dansé aussi oui, même si j'ai failli y laisser ma peau…, ajoute-t-il sur un ton léger.

Je commence à être un peu moins tendu.

- Lorsqu'on s'est revus à l'université où j'enseigne, on s'est lié d'amitié et au fil du temps je la trouvais un peu triste alors j'essayais juste de la faire rire, c'est tout. C'est quelqu'un de bien. J'aurais été l'homme le plus heureux du monde si une femme comme elle m'aimait comme elle t'aime toi.

Ses mots me font réfléchir et me rappellent que j'ai peut-être tout foutu en l'air.

- Le soir de mon anniversaire, je vous ai vus vous éclipser en douce et quand je vous ai suivis, je t'ai entendu lui demander comment allait « votre bébé ». Ça m'a rendu fou, j'ai cru qu'elle me trompait avec toi et que tu l'avais mise enceinte, dis-je un peu gêné.

Andrew a l'air choqué.

- Tu es très loin du compte! La plus grande proximité que j'aie pu avoir avec elle a été juste de lui tenir la main ou de l'embrasser sur la joue et honnêtement je doute que ce soit la procédure pour faire un bébé !

Il boit une gorgée de whisky et poursuit.

- Et je respecte trop Keysia pour pouvoir tenter d'aller plus loin que ça. En plus, je ne suis pas débile au point d'aller me fourrer dans une histoire avec une femme qui est folle de son mari et qui ne parle que de lui.

Plus je l'entends parler et plus je me sens totalement stupide ! J'ai tout interprété de travers.

- C'est moi qui lui ai fait remarquer qu'elle avait tout d'une femme enceinte et qui lui ai suggéré de faire un test de grossesse. Quand ça a été positif, elle avait peur de t'en parler parce qu'elle était persuadée que tu étais encore amoureux de ton ex. Alors moi je l'encourageais simplement à te le dire c'est tout.

Je suis le pire des imbéciles !

- Je suis vraiment un idiot...
- Ah ça, je confirme et sans vouloir te vexer ! Me dit-il en me servant un autre verre de whisky que je bois cul sec.

Maintenant que je sais tout ça, je n'ai plus aucun doute. Je vais être père. Oui, je vais bientôt être papa et je ne m'en sens pas très digne.

- J'ai fait n'importe quoi, j'ai tout fichu en l'air, dis-je dégoûté par moi-même.
- Je suis sûr que ça va s'arranger. S'il y a bien une chose que j'ai fini par comprendre, c'est que le temps finit toujours par arranger les choses, me dit-il sur un ton qui se veut rassurant.

Mon orgueil en prend un coup mais je commence à comprendre pourquoi Keysia apprécie autant ce type.

- Est-ce que tu sais où elle habite ? Demandé-je honteux de ne même pas avoir l'adresse de ma propre femme.

Andrew se lève et part chercher un bout de papier sur lequel il griffonne l'adresse de Keysia et qu'il me tend. Je le remercie et lui tend une poignée de main qu'il saisit.

- Je suis vraiment désolé pour toute cette méprise et aussi pour ton nez.

Il acquiesce d'un signe de tête et me reconduit à la porte. Quand j'arrive dehors, je l'entends me parler.

- Une dernière chose Max.

Je me retourne et avant que j'aie pu le voir venir, Andrew me donne un violent coup de poing qui me projette au sol.

- Ça c'est pour avoir failli me casser le nez et pour avoir fait pleurer mon amie ! Sans rancune, ajoute-t-il avec un clin d'œil ironique avant de refermer la porte de chez lui.

Je gémis de douleur et masse ma mâchoire. Cet abruti a presque failli me la déplacer ! Je l'ai bien mérité c'est sûr.

Assis au volant de ma voiture, je mets du temps à démarrer, assailli par le remord.

J'ai été si horrible avec elle ! Je n'arrive même pas à me pardonner à moi-même alors comment pourrait-elle le faire ?

Je l'ai abandonnée à l'hôpital, mal en point et enceinte de notre enfant. Ensuite je l'ai laissée en plan seule chez nous sans plus chercher à la voir.

Quel homme ferait une chose pareille à la femme qu'il prétend aimer ? J'aurais dû lui parler de ce fichu examen, j'aurais dû écouter ses explications…Je m'en veux terriblement de les avoir abandonnés, elle et notre bébé. J'ai fait exactement ce qu'a fait son père. Je suis une ordure !

Chapitre 24

Keysia

Je bouillonne de rage ! Quand j'ai reçu une notification de ma banque ce matin, que j'ai consulté mon compte et que j'ai vu tous ces zéros après la virgule, j'ai compris de qui ça venait. Et je ne m'étais pas trompée.

Ce salopard me traite comme une moins que rien, me lâche au moment où j'ai le plus besoin de lui, ne prend même pas la peine de chercher à savoir si son bébé va bien et tout ce qu'il trouve à faire, c'est me virer son fichu argent ! Je ne veux pas de cet argent ! Je ne veux plus rien de lui, rien !

- A demain Keysia, et surtout n'oublie pas que tu n'es pas obligée de venir tôt. Ménage-toi d'accord ?

La voix de Gary le propriétaire du café où je travaille à temps partiel me sort de mes pensées.

- OK, à demain Gary.

Je n'ai qu'une hâte, rentrer chez moi et prendre un bain pour me détendre. Mes jambes et ma poitrine qui devient de plus en plus lourde me font atrocement souffrir. Mes amis ont raison. Si je continue à être aussi fatiguée, je devrai peut-être songer à arrêter de travailler. Cette simple pensée me chagrine. J'ai besoin de cet argent pour m'occuper de mon enfant.

Quelques minutes plus tard, je sors de l'ascenseur et cherche nerveusement mes clés dans mon sac. Où sont-elles passées ?

- Allez ! Dis-je impatiemment en fouillant dans mon sac à main.

Je suis fatiguée. Il me tarde de m'asseoir et de tremper mes jambes dans de l'eau salée.

- Bonsoir.

Quand je reconnais le timbre de cette voix grave que je ne connais que trop bien, mon cœur fait un bond dans ma poitrine. Je lève vers lui un regard plein de colère puis l'ignore et m'avance vers la porte de mon appartement que je m'empresse de chercher à ouvrir. Je me rappelle que je n'ai pas mes clés alors je me remets à fouiller frénétiquement dans mon sac.

Tandis que je suis face à la porte de chez moi toujours à la recherche de ces maudites clés, Max s'approche de moi, pas au point de me toucher mais suffisamment proche pour me mettre hors de moi.

 - On n'a rien à se dire, alors va-t'en d'ici, sauf si tu veux parler de la procédure de divorce, marmonné-je entre mes dents serrées sans le regarder.

Ah ! Enfin, j'ai retrouvé ces fichues clés !

 - Je ne veux pas divorcer.

Sa voix est rauque et brisée.

 - Keysia je t'aime et je suis venu te demander pardon pour avoir agi comme un lâche et un imbécile, ajoute-t-il d'une voix suppliante.

Il pose sa main sur mon avant-bras et au contact de ses doigts tièdes dont mon traître de corps a du mal à oublier les caresses, je frémis mais ne laisse rien paraître.

 - C'est un peu tard pour ça.

C'est maintenant qu'il se réveille ?

J'ouvre la porte de l'appartement, me précipite pour y entrer et lui claque la porte au nez avant qu'il ait eu le temps de réagir. Dès que je referme la porte, je m'y adosse, le cœur battant et la respiration saccadée.

Sa voix suppliante derrière la porte me fait prendre conscience qu'il est encore là juste derrière. Je m'en éloigne.

Max se met à tambouriner à la porte. Je l'ignore et me retire dans la salle de bains où j'éclate en sanglots. Comment ose-t-il refaire surface ainsi après tout ce qu'il m'a fait ? Après tout ce temps passé à m'ignorer ? A me traiter comme la pire des parias ? Je veux qu'il s'en aille! Je ne veux plus le voir, je ne veux plus entendre sa voix ni sentir son odeur.

 Quelques temps plus tard, je reviens dans le salon en espérant qu'il est parti. Un nouveau coup à la porte me fait sursauter.

- Keysia, ouvre moi je t'en supplie, l'entends-je dire.

Il est encore là...

Max reste à tambouriner à la porte pendant près d'une heure, puis j'entends un voisin sortir de chez lui et se plaindre qu'il dérange tout le monde. Ici les murs ne sont pas très insonorisés.

J'entends Max dire qu'il est désolé, puis plus rien. Je pense qu'il est parti maintenant. Je soupire et m'allonge dans le canapé la main sur le ventre pour apaiser mon bébé qui est un peu agité.

∞ ∞ ∞

Je me penche pour ramasser le bouquet de fleurs laissé devant la porte de mon appartement. Le huitième depuis ce jour où j'ai retrouvé Max en train d'attendre devant chez moi. Des roses blanches cette fois-ci.

Comme à chaque fois depuis huit jours, je les jette à la poubelle. La petite carte qui était accrochée au bouquet tombe tout près de moi. Je m'abaisse pour la ramasser, m'apprêtant à lui faire subir le même sort que ses devancières mais je suis tiraillée entre l'envie de la déchirer en mille morceaux et celle de lire ce qui y est inscrit.

Je finis par l'emporter avec moi dans le salon et la pose sur la table basse. Je sors ensuite du réfrigérateur un pot de glace parfum fruit de la passion que je dévore sans pouvoir m'arrêter. J'ai de plus en plus de mal à contrôler mes envies de grossesse, et ces derniers temps, mon univers entier tourne autour des fruits de la passion...

Mes yeux se reportent sur la carte. Curieuse, je la reprends et l'ouvre.

« Je te demande pardon. S'il le faut, je passerai le reste de ma vie à essayer de me faire pardonner. Reviens-moi Keysia, je t'aime. Max »

Je soupire, puis déchire la carte en autant de morceaux que possible.
Je ne veux plus avoir affaire à lui.

Chapitre 25

Max

Je me penche et dépose un énième bouquet de fleurs devant l'entrée de son appartement en vérifiant que le mot que j'y ai glissé est bien visible. J'en ai déposé chaque jour depuis quatre semaines.

Aujourd'hui ce sont des camélias. Hier c'étaient des Lys, avant-hier des roses rouges, et avant ça des pivoines… Je suis désespéré. Elle ne veut pas me voir et m'évite. Je sais que je l'ai mérité mais j'en souffre.

J'espérais passer le nouvel an à ses côtés mais c'était assez utopique comme espoir.

Chaque soir, je viens ici devant la porte de son appartement pour l'attendre. Comme si elle savait à quelle heure j'allais arriver, on ne se croise jamais. Je frappe à la porte sans me soucier de savoir si elle est là ou pas. Les voisins commencent à être habitués à moi. Ils me fusillent du regard en sortant de chez eux, mais je m'en fous. Tout ce que je veux, c'est voir ma femme.

J'aimerais seulement lui dire que je l'aime et aussi sentir bouger notre bébé. Je veux rattraper le temps perdu et vivre le reste de cette grossesse avec elle.

Puisqu'elle refuse de me voir pour que je les lui donne en personne, je lui ai fait livrer tout un tas de vêtements pour bébé et des articles de puériculture. J'ai pris des vêtements mixtes car je ne sais pas le sexe de mon enfant. Tous m'ont été retournés ! Elle m'a tout fait renvoyer ! Si ça continue comme ça, je vais devenir fou !

J'ai mis ma fierté à la poubelle et je suis allé supplier Andrew puis Glenn de mettre en scène une rencontre entre elle et moi mais ils m'ont tous deux répondu que Keysia avait besoin de temps. Ils essaient de me punir c'est sûr…

Je suis même allé voir sa mère pour lui demander pardon de m'être conduit comme un con. Elle m'a accueilli gentiment avant de me sermonner mais m'a finalement dit de laisser du temps à Keysia. Tout le monde me parle de temps. Je n'ai pas le temps d'attendre, j'ai besoin d'elle !

Après une nouvelle soirée d'échec devant chez elle, je rentre à la maison dépité et reste devant la baie vitrée à regarder sans voir la ville de Chicago. Je suis persuadé de n'avoir plus que la peau sur les os. Je me nourris peu, je n'ai pas l'appétit, je n'ai goût à rien. Je culpabilise et j'ai l'impression d'être la pire ordure de tous les siècles !

Un coup à la porte me ramène à moi. Si seulement ça pouvait être elle ! Je me précipite pour ouvrir.

- Ah, c'est toi maman…, dis-je déçu.
- Dis donc, quel enthousiasme !

Je ne réponds rien et m'efface pour la laisser entrer. Mon appartement ressemble à une porcherie. Tout est sens dessus dessous et je ne ressemble moi-même à rien.

- Comment veux-tu que ta femme revienne avec une tête pareille ? Me pique-t-elle impitoyable.

Elle s'avance dans l'appartement et se retourne pour me dévisager à nouveau.

- Tu as une sale mine mon garçon. Comme tu as maigri !

Ma mère pose sa paume froide sur ma joue. Au contact de ses doigts gelés par le froid qu'il fait dehors, je râle.

- Je t'ai appelé un million de fois mais tu ne décroche jamais ! Gronde-t-elle.

Maman me regarde et remue la tête de gauche à droite puis me prend dans ses bras. Sa chaleur maternelle me fait du bien.

- Il faut que tu manges, dit-elle en faisant sortir d'un sac en tissu plusieurs bols en plastique qui contiennent visiblement des repas.

Elle en range dans le réfrigérateur qui est quasiment vide et se met à sortir des assiettes de la cuisine. Maman réchauffe les plats et nous sert tous les deux. Je refuse de manger mais elle me gronde comme un gamin de 8 ans alors je m'y force. Après quelques bouchées, mon appétit revient peu à peu alors je réussis à finir mon assiette, toujours en silence. Quand on a fini de manger, je débarrasse et viens m'assoir près d'elle dans le canapé.

- Tu me dois des explications mon chéri, me dit-elle sur un ton patient.

J'opine du chef et commence à lui expliquer comment pour pouvoir rentrer en possession de l'héritage que m'a laissé Lane mon grand-père, j'ai proposé à Keysia de m'épouser et de rester mariés pendant un an. Je m'attends à ce qu'elle soit déçue ou me gronde mais maman me sourit.

- Je m'en doutais.

Je suis surpris.

- Comment ça ?
- Cette soudaine histoire d'amour entre Keysia et toi ? Il fallait vraiment être naïf pour croire que ce n'était pas lié à tout ça. Au début j'ai cru que tu l'avais mise enceinte et quand j'ai compris que non, j'ai tout de suite pensé au testament de ton grand-père.

Je déglutis. Maman avait compris notre petit manège depuis le début ?

- Pourquoi tu n'as rien dit ?
- Eh bien, je me suis dit que ça pouvait finalement être une bonne chose. J'ai toujours vu la façon dont cette petite te regardait depuis son adolescence. C'était un mélange d'admiration et de quelque chose qui ressemblait à des sentiments forts.

Je tombe des nues !

- Et toi aussi, même si tu as toujours refusé de te l'avouer, je savais qu'elle te plaisait et que derrière cette pseudo-animosité entre vous deux, se cachait une attirance mutuelle.

Je reste la bouche ouverte devant ce que vient de dire ma mère. C'est dingue mais je crois qu'elle n'a pas totalement tort, enfin en ce qui me concerne. Elle m'épate. Je lui raconte l'histoire du spermogramme.

- J'ai tout fichu en l'air. J'ai cru qu'elle avait une liaison et que le bébé n'était pas de moi alors je l'ai traitée comme...

Je peine à terminer ma phrase, une énorme boule dans la gorge.

- Je l'ai abandonnée comme l'a fait son père avec elle, je suis une véritable ordure maman..., dis-je les larmes aux yeux en me tournant vers ma mère qui me prend dans ses bras.
- Tout va s'arranger tu verras. Ne baisse pas les bras mon chéri.

Ma mère reste encore un peu avec moi puis rentre chez elle. Plus tard, je reçois un texto d'Andrew.

« Keysia travaille à nouveau au Smith's. Tu peux la trouver là-bas tout le reste de la semaine entre 15 et 19 heures.».

Je ferme les yeux et remercie Andrew intérieurement. Je lui envoie un texto à mon tour *« Merci infiniment, je te revaudrai ça un jour.».*

Elle ne devrait pas travailler au Smith's dans son état. Tout ça est de ma faute. Mais maintenant que je sais où la trouver à coup sûr, je respire un peu mieux.

Le lendemain j'arrive un peu vers 15h30 au Smith's. La veille, j'ai prévenu Gary le patron du café que je risquais de perturber un peu son service. Il n'a fait aucune difficulté. C'est un type sympa.

Il n'y a pas beaucoup de monde à cette heure. Je rentre dans le café et balaie la salle du regard puis m'assois à une table un peu au fond. Quelques minutes plus tard, quand je vois ma femme sortir de l'arrière du café, mon cœur fait un bond. Elle est tellement belle. Quand mes yeux glissent sur son ventre bombé qui semble avoir doublé de volume en l'espace de quelques semaines, j'ai mal au cœur et je m'en veux à mort qu'elle ait à travailler ici dans son état. Je suis plus que jamais décidé à tout réparer.

Nos regards se croisent mais elle se détourne et m'ignore.

Je crois bien que Gary a demandé aux autres serveurs de ne pas s'occuper de ma table, de sorte que c'est finalement Keysia qui est obligée de le faire, très certainement à contrecœur car je la vois marmonner tout bas. Je suis persuadé qu'elle est en train de réciter un chapelet de jurons. Sans pouvoir me retenir, un sourire se dessine sur mes lèvres.

Quand elle s'approche de ma table avec son adorable moue boudeuse, je n'ai qu'une seule envie, la prendre dans mes bras. Pourtant, je me retiens car je risque à coup sûr de me prendre un jet de café brulant en plein dans les yeux ou à minima un coup de genou entre les jambes.

- Qu'est-ce que je te sers ? Demande-t-elle entre les dents.

Je n'arrive pas à m'empêcher de faire ce dont je rêve depuis si longtemps. Comme un automate, je lève la main et la pose sur son ventre arrondi. Je suis tellement bouleversé à l'idée d'imaginer notre enfant dans son ventre que mes doigts tremblent. Keysia quant à elle semble prise de court et ne réagit pas, pour mon plus grand bonheur.

Je lève les yeux et les plonge dans les siens. Elle a l'air aussi bouleversée que moi.

- Je suis désolé de vous avoir abandonnés.

Elle recule, l'air troublée, puis reprend un air professionnel et s'éloigne pour aller vers une autre table. Quand elle retourne au comptoir, Gary lui demande pourquoi je n'ai pas été servi. Je les aperçois discuter un moment puis Keysia revient avec un plateau dont elle dispose le contenu sur quelques tables plus loin.

Elle revient ensuite vers moi et me demande d'un air agacé :

- Tu veux commander oui ou non ?
- Je veux seulement que tu écoutes ce que j'ai à te dire…

Je n'ai pas eu le temps de terminer ma phrase. Elle est partie poursuivre son service en continuant à m'ignorer alors je décide de passer à la vitesse supérieure. Je me lève et parle tout haut dans le café de sorte qu'elle et tous ceux qui sont dans ce lieu m'entendent.

Je suis désolé d'avoir agi comme un con.

Elle me regarde, étonnée par ce que je suis en train de faire, puis se ressaisit et m'ignore encore. Alors je continue de parler, ignorant tous les visages tournés dans ma direction.

- Je suis tombé amoureux de toi dès l'instant où je t'ai connue il y a 10 ans. Mais tu avais un air si suffisant et moi j'étais trop fier et trop con pour m'avouer que tu me plaisais.

Tout le monde dans le café est silencieux et me regarde. Keysia est immobile près du comptoir et regarde dans une autre direction.

- Quand on s'est mariés il y a plus d'un an et que j'ai compris que ce que je ressentais pour toi était aussi fort, j'ai eu peur et j'ai tout fait pour essayer de me convaincre et de te convaincre toi aussi que notre relation reposait uniquement sur une attirance physique. Mais je me suis menti bien trop longtemps. Je t'aime Keysia, je t'aime comme un fou et je suis vraiment désolé de t'avoir laissée tomber au moment où tu avais le plus besoin de moi.

Lorsque je vois son menton trembler, je comprends que mes mots commencent à la toucher alors je ne m'arrête pas.

- Quand on a eu ce fichu accident, les médecins m'ont dit que j'étais peut-être devenu stérile et qu'il me fallait faire un examen pour le confirmer. Il y a eu ensuite un problème avec le labo, les résultats étaient faussés et on m'a dit que sans intervention, je ne pourrais pas avoir d'enfant. Lorsque j'ai su que tu étais enceinte, j'ai vu rouge et je suis devenu fou, j'ai cru que tu m'avais trompé et que ce bébé était celui d'Andrew.

Elle fronce les sourcils et se tourne enfin dans ma direction, stupéfaite par ma révélation. Puis elle remue la tête. Elle a l'air déçue.

- Mais ça n'excuse pas ce que j'ai fait et je te demande pardon.

Elle se détourne et se dirige vers l'arrière du café. Je suis désespéré. Mais je l'attends ici. Ce soir, je ne rentrerai pas chez nous sans elle.

Alors que mon désespoir commence à grandir, je l'aperçois sortir en vitesse du café. Elle a retiré son uniforme et pris ses affaires. Je cours après elle et la suis jusqu'au parking. Ce même parking où je lui ai demandé de m'épouser il y a un an. Elle finit par s'arrêter non loin de sa voiture mais ne se retourne pas vers moi. Quand je vois ses épaules secouées, je comprends qu'elle vient d'éclater en sanglots et j'ai mal au cœur.

Je m'approche et vient face à elle pour la prendre dans mes bras. Elle ne me repousse pas. Je la serre contre moi. Elle pleure et moi non plus je n'arrive plus à retenir mes larmes.

- Je suis tellement désolé, dis-je la tête posée contre la sienne, mes doigts caressant ses cheveux.

Quand ses sanglots s'atténuent, elle se détache de mon torse et lève ses beaux yeux vers moi. Comme elle m'a manqué !

- Je te demande pardon .
- Tu aurais dû me parler de cet examen.
- Je sais. Je ne voulais pas t'inquiéter. Le médecin m'avait dit que ce n'était pas irréversible et qu'il suffisait d'une opération pour tout régler. Je venais tout juste de me remettre de l'accident alors je me suis dit que tu allais te faire un sang d'encre pour rien.

Ses yeux pleins de tristesse me fendent l'âme. Son menton se remet à trembler comme chaque fois qu'elle lutte pour contenir ses sanglots.

- Tu as été horrible avec moi...
- Pardonne-moi, supplié-je en tenant son visage entre mes deux mains.
- Le jour où j'ai appris que j'étais enceinte, j'étais bouleversée, je...j'étais sur le point de te l'annoncer mais j'ai surpris cette conversation avec ton ex alors je suis partie et je n'ai plus eu la force de le faire. J'avais peur que mes sentiments ne soient pas réciproques et que tu restes marié avec moi seulement par devoir. Puis, je me suis décidée à le faire mais ...

Elle remue la tête, me repousse légèrement et fait mine de s'éloigner.

- Keysia je t'en supplie, donne-moi une seconde chance, fais-le au moins pour notre enfant.

Elle se retourne vers moi et pointe son index dans ma direction.

- Tu n'as pas le droit de faire ça, tu...tu n'as pas le droit de te servir de mon bébé comme moyen de pression, me dit-elle la gorge nouée.

Je franchis les pas entre nous et pose mes deux mains sur son ventre.

- NOTRE bébé Keysia, NOTRE bébé. Et non, je ne me sers pas de lui comme moyen de pression. Je veux partager chaque moment restant de cette grossesse avec toi, je veux être à tes côtés quand notre enfant viendra au monde, je veux pouvoir changer ses couches et prendre soin de vous deux.

Elle ferme les yeux comme pour s'imprégner de mes paroles.

Je lui prends les mains et me mets à genoux.

- Tu te souviens ? C'est ici que je t'avais demandée en mariage la première fois. Tu m'as envoyé bouler, tu m'as répondu que j'étais fou et que pour rien au monde tu ne te marierais avec moi.

J'arrive à lui arracher un sourire au milieu de ses larmes. Mon cœur se gonfle de joie et son sourire me donne la force d'aller jusqu'au bout.

- Ensuite tu...tu as accepté de te prêter à ce jeu entre nous qui finalement n'en était plus un. Je t'avais promis de toujours veiller sur toi, mais c'est moi qui t'ai fait du mal. Ce soir, je te demande pardon et je te supplie de me donner une deuxième chance.

Je glisse mes doigts dans ma poche et en sort un écrin à l'intérieur duquel se trouve une bague sur laquelle repose une émeraude de la même couleur que ses yeux.

- Veux-tu m'épouser à nouveau ? Si tu acceptes, je te promets de tout faire pour ne plus jamais vous décevoir ni toi ni notre enfant, ni la ribambelle d'enfants que nous aurons ensuite.

Cette fois, elle rit et je sais d'avance en mon cœur que c'est gagné.

- Epouse-moi à nouveau Keysia.
- A condition que tu promettes d'être toujours là pour notre enfant, me dit-elle la gorge nouée.
- Je te le promets.

La femme de ma vie me sourit timidement et moi je suis fou de joie. Je lui glisse la bague au doigt, embrasse son ventre puis me jette sur sa bouche et l'embrasse sans pouvoir m'arrêter.

- Tu m'as tellement manqué, murmure-t-elle contre mes lèvres, à bout de souffle.
- Et toi encore plus.
- Promets-moi de ne plus jamais m'abandonner.
- Je te le promets. Et toi, dis-moi encore que tu m'aimes. Tu n'imagines pas à quel point j'ai rêvé de l'entendre à nouveau !

Ses joues se creusent pour laisser apparaître ses adorables fossettes sous l'effet de son sourire qui me rend fou. J'espère de tout mon cœur que notre bébé, fille ou garçon, lui ressemblera.

- Je t'aime Max.

Epilogue

Keysia

Mes yeux se baladent d'un visage à l'autre. Max et moi tenons non pas un bébé en main, mais deux !

 - Comment est-ce possible ? S'interroge-t-il en riant et pleurant de joie à la fois sous le coup de l'émotion.

Je suis dans le même état que lui. Le travail a duré des heures et je suis épuisée. Pourtant à cet instant, cette fatigue semble avoir été éclipsée par l'intense émotion qui m'anime.

 - Je comprends pourquoi le gynécologue avait autant insisté pour nous donner des détails ! Ajoute-t-il en essuyant ses larmes de joie du revers de la main.

Max et moi avions fait un pari risqué. A ma première et avant dernière échographie, celle que j'avais faite toute seule au début de ma grossesse, il n'y avait qu'un seul bébé visible sur le moniteur. Ensuite, je n'en ai plus refait jusqu'à la fin de mon 7ème mois, quelques semaines après notre réconciliation.

On a voulu garder la surprise du sexe du bébé pour l'accouchement, alors aucun de nous deux n'a regardé le moniteur tout au long de l'échographie. On écoutait juste les commentaires du médecin. C'était horriblement difficile, mais on a tenu le coup.

Le médecin a insisté pour nous dire tout ce qu'il voyait sur le moniteur, mais on a refusé. Je me souviendrai toujours de la réponse de Max : « *Docteur, on veut juste savoir si notre bébé va bien et si tout est normal. Si c'est le cas, on ne veut rien savoir d'autre jusqu'à l'accouchement.* ». Le docteur a acquiescé, un large sourire aux lèvres, puis a levé les mains au ciel comme pour dire « *Je n'y suis pour rien.* ».

Quand, au moment d'accoucher, la sage-femme m'a fait passer une échographie en urgence et nous a dit qu'il y avait deux bébés, la surprise était totale ! Je me demande toujours comment ça se fait que les médecins n'aient rien vu quand j'étais hospitalisée après mon malaise le soir des 31 ans de Max.

Je comprends maintenant pourquoi mon ventre était aussi énorme et pourquoi j'étais aussi épuisée dès mon 7e mois.

- Ils sont tellement beaux ! Dis-je la voix tremblante d'émotion.
- Plus beaux qu'il ne m'aurait été possible de l'imaginer !

Une fille et un garçon. Elle, les traits aussi fins que ceux de son père, lui, mon portrait craché comme Max ne cesse de le dire.

- Eh bien, je crois qu'on n'aura plus besoin de choisir entre Chloé et Dylan, ajoute-t-il aux anges.

Ce sont les prénoms qu'on avait choisis, Chloé si c'était une fille et Dylan si c'était un garçon.

Je lui souris, il m'embrasse tendrement. Quand une infirmière s'approche pour nous les prendre, Max et moi avons du mal à lâcher nos adorables enfants.

- Ne vous inquiétez pas, nous allons vous les rendre d'ici peu.

J'embrasse ma fille et mon fils avant que l'infirmière ne les emporte.

- Je suis si fier de toi ma chérie, me dit mon mari en posant son front contre le mien.

Il essuie mes larmes du pouce et m'embrasse.

- Tu n'es pas au bout de tes surprises aujourd'hui.
- Comment ça ?
- J'ai consulté les résultats de l'examen d'entrée à l'école d'avocats.

Mon cœur fait un bond dans ma poitrine. J'avais laissé mes identifiants à Max pour qu'il puisse consulter les résultats à ma place.

- Alors ? Demandé-je anxieuse.

Il m'adresse un sourire plein de fierté qui gonfle mon cœur de joie.

- Félicitations !

Je me jette dans ses bras. Je suis heureuse et fière d'avoir réussi, même si je sais que les choses seront un peu plus compliquées maintenant avec l'arrivée des jumeaux. Mais je n'ai jamais été aussi heureuse. J'ai tout ce dont j'avais rêvé et même plus.

- Je t'aime Max, je suis heureuse d'être ta femme.

Il est encore plus ému. Ses yeux bruns pénétrants sont ancrés aux miens.

- Et moi, je suis plus que fier d'être ton mari et je suis fou de toi Keysia, je t'aime.

Nos lèvres se rejoignent et j'ai la sensation de flotter.

- Je t'avais bien dit que c'était prémonitoire.
- Quoi ?
- Que tu finirais par porter mon ADN dans ton ventre.

Lorsque je comprends enfin de quoi il parle, j'explose de rire et plaque à nouveau mes lèvres contre les siennes.

Vous avez aimé l'histoire de Max et Keysia ?

Laissez 5 étoiles et un joli commentaire sur Amazon pour motiver d'autres lecteurs et m'encourager.

Vous trouverez la section commentaire :

- En scrollant jusqu'à la toute fin du livre dans l'application Kindle
- Ou en allant dans l'historique de vos commandes pour retrouver le livre, puis en sélectionnant « Ecrire un commentaire sur le produit »

Vous n'avez pas aimé ou avez des remarques ou suggestions ?

Ecrivez-moi :

patymail.contact@gmail.com

Merci et à très bientôt.

Découvrez **UNE TOUTE DERNIERE CHANCE**, second roman du même auteur.

Tournez vite la page pour en lire le résumé et un extrait.

UNE TOUTE DERNIERE CHANCE

Bosser dans une start-up à la mode et pour le type canon qui semble tout droit sorti d'une de ces pubs de parfum pour homme…ça a l'air sympa sur le papier n'est-ce pas ? Sauf que ce canon c'est Daniel, mon ex meilleur ami et qui se trouve aussi être mon ex-mari, celui que j'ai quitté de manière impulsive il y a cinq ans et qui m'en veut à mort. Pourquoi je suis partie ? Eh bien parce que j'ai des ovaires pas terribles et que Daniel voulait un bébé à tout prix. J'en avais un peu marre de passer pour le spécimen de test des cliniques de fertilité. Les échecs répétés et mes hormones en vrac avaient fait de moi une loque humaine.

Alors je n'ai pas réfléchi et je suis partie. J'ai CARRÉMENT pris mes jambes à mon cou !
Sauf que maintenant, je ne suis plus tout à fait sûre d'avoir fait le bon choix et j'ai le sentiment que Daniel ne compte pas me rendre la vie facile…

Daniel

Je jette un coup d'œil nerveux à ma montre. Sonia abuse ! Il a fallu qu'elle soit en retard encore aujourd'hui alors que j'ai une montagne de choses à faire. Je sais bien que cette fois ce n'est pas de sa faute, mais quand même... Si elle n'était pas aussi efficace, je crois que je l'aurais remplacée depuis longtemps. J'ai mis du temps à trouver une personne fiable. A vrai dire, j'ai beaucoup de mal à faire confiance depuis un moment.

Il y a cinq ans, j'ai vécu un coup dur. Ces mots me paraissent peu forts pour traduire ce que j'ai traversé. Ma femme m'a quitté et j'ai broyé du noir. Au début j'ai mis du temps à réaliser ce qui venait de se produire. Olivia m'avait balancé un « *Je n'arrive pas à te rendre heureux Dan, alors il vaut mieux tout arrêter* ». Ensuite, elle est sortie de l'appartement en courant.

Ce qui ne devait être qu'une crise passagère s'est transformé en véritable séparation. Elle n'est jamais revenue, du moins pas en ma présence. Elle est passée prendre ses affaires pendant que j'étais absent et a laissé les papiers du divorce sur la table basse en plein milieu du salon, accompagnés d'une lettre que je n'ai jamais lue. Je n'ai pas signé les documents. Je les ai froissés et jetés à la poubelle.

Les jours qui ont suivi, j'ai remué ciel et terre pour la retrouver mais c'est comme si elle avait disparu de la surface de la terre. L'inquiétude et l'incompréhension me rongeaient jour et nuit, je mangeais et dormais à peine. J'étais tombé dans une profonde dépression et je crois bien que j'aurais totalement perdu les boules si j'avais été seul au monde et que je n'avais pas été bien entouré.

J'ai cru qu'elle était morte jusqu'à ce que notre avocat me contacte des mois plus tard. Il a bien fallu me résoudre à l'évidence, Olivia ne voulait tout simplement plus de moi. Tout ce qu'on avait construit ne représentait rien pour elle.

Quelle lâche ! On rencontrait des difficultés certes, mais pas insurmontables au point de se quitter. Je n'ai toujours pas compris ce qu'elle me reprochait. J'aurais voulu qu'elle me le dise en face, pas dans une minable lettre ! Je me demande encore pourquoi je n'ai toujours pas jeté ce torchon de malheur ! Je n'avais aucune envie de divorcer, mais peut-on rester marié à un fantôme ? A une femme partie sans laisser de traces ? Si au départ, j'espérais la retrouver par miracle à la maison le soir en rentrant, aujourd'hui j'ai tiré un trait sur le passé et je préfère ne plus jamais la revoir. Je ne suis plus ce Dan naïf et amoureux qui était prêt à se donner à 100%. Ce Dan est mort.

Cette histoire a au moins eu du bon. J'étais tellement déprimé que j'ai commencé à délaisser mon job. Puis l'inévitable s'est produit, j'ai perdu mon emploi trois mois plus tard. Normal quand on pète un câble en pleine réunion de direction et qu'on met le nez au boulot seulement 2 fois en 8 semaines. J'étais vraiment au plus bas. Puis un jour, la tristesse et la colère ont laissé place à l'acceptation et à l'envie de rebondir. C'est ainsi que je suis venu m'installer en France où j'ai obtenu un financement et que j'ai créé Doover. En quatre ans, ma boîte s'est hissée parmi les incontournables du e-commerce et j'ai vu mon chiffre d'affaires atteindre des seuils auxquels je n'aurais jamais osé rêver. Pourtant, il faut continuer à maintenir le cap. J'ai donc décidé de recruter du personnel.

Sonia était censée recevoir une personne en entretien ce matin et ne me la présenter que si son profil lui paraissait convenable, mais elle m'a appelé il y a 20 minutes pour me dire que sa voiture est tombée en panne et qu'elle aura du retard.

Je jette un coup d'œil à ma montre. 08h55. Son candidat n'a pas intérêt à être en retard, je ne suis pas d'humeur ce matin.

Je n'ai même pas pu consulter son CV à l'avance. Je vais tuer Sonia !

- Tu penses m'envoyer son CV un jour ? Lui dis-je au téléphone avec humeur.

- Désolée, j'ai une copie dans…

- Allô ?

Plus rien.

- Sonia, tu m'entends ?

La communication est carrément coupée.

09h01. Je regarde impatiemment ma montre. J'ai des choses importantes à faire.

09h05. Ça ne fait pas très bonne impression pour une personne en recherche d'emploi.

Je lui donne 5 minutes. Si à 09h10 il ne s'est pas pointé, j'annule l'entretien et passe à autre chose.

A 09h08, mon assistante m'informe qu'une jeune femme vient de se présenter. Je lui demande de la faire entrer dans le bureau et me tourne vers la machine à café.

Un coup timide à la porte m'indique qu'elle est arrivée.

- Bonjour, je suis vraiment désolée pour le retard, dit-elle essoufflée.

Un frisson me parcourt l'échine.

Cette voix chaude qui me paraît si familière, cet accent anglais... Non, c'est sûrement une ressemblance vocale.

- Entrez, dis-je sans me retourner et en retirant mon mug de la machine à café. Voulez-vous un café ?

- Non merci.

Prêt à lui faire une remarque sur son retard malgré ses excuses, je me retourne enfin.

Mon cœur fait un bond dans ma poitrine et le temps semble se figer. C'est impossible. J'ai probablement une hallucination. J'aurais dû me coucher plus tôt hier, mon cerveau me joue des tours.

Je cligne plusieurs fois des yeux pour être sûr de bien voir. Elle n'a pas disparu. Non je ne rêve pas, c'est bien elle…

A suivre dans UNE TOUTE DERNIERE CHANCE…

Remerciements

Je remercie tout d'abord Hervé mon époux. Merci pour ton soutien indéfectible. Ton amour est une source inépuisable d'inspiration.

Merci à mes adorables parents qui m'ont donné goût à la lecture depuis ma tendre enfance. Papa et maman, je vous aime.

Un grand merci à tous mes bêta-lecteurs, à mes proches et amis qui de près ou de loin m'ont encouragée à laisser libre cours à mon imagination et à déployer ma passion qui est l'écriture.

Merci en particulier à Yamni mon tout premier relecteur, le tout premier fan de l'histoire de Max et Keysia. Tes suggestions m'ont été d'une aide précieuse.

Marcelle ma bestie, tes mots d'encouragement m'ont toujours donné confiance. Je suis heureuse que tu fasses partie de ma vie. Merci d'être toujours là.

Anne-Marie, tu ne le sais peut-être pas, mais tes mots lorsque je t'ai parlé de ce livre, ont été un moteur pour moi et une véritable source d'encouragement. Je te remercie.

Merci à tous ceux que je n'ai pas pu citer nommément et enfin merci à tous mes lecteurs !

Couverture et montage : Paty A.

© Paty A.

Tous droits de traduction, reproduction ou
d'adaptation réservés pour tous les pays.

Première parution : Juin 2021

Dépôt légal : Juin 2021

ISBN : 978-2-9578873-0-9